耳邊風

山風、草香、獸鳴與速寫本裡的風景

林瑋萱——著

目次 contents

我期待，

在閱讀《耳邊風》一書時，

讀者會把聲音放在安靜的角落裡如同交給偌大的森林，

這樣才能聽見我寫生筆觸線條的顫音及低音，

穿越紙張及文字的一切組合，

隱隱約約地進行心靈調頻。

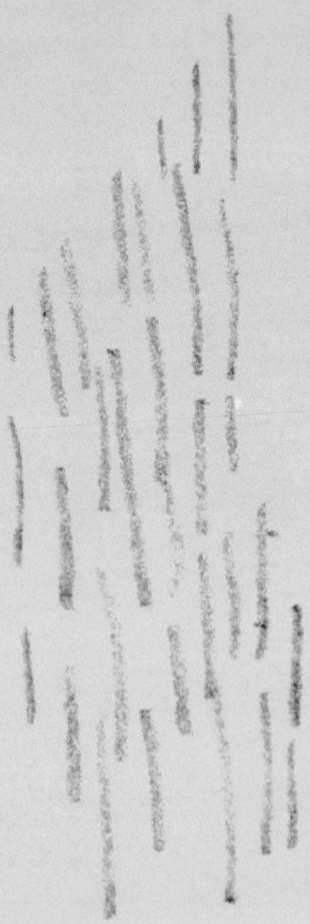

01.

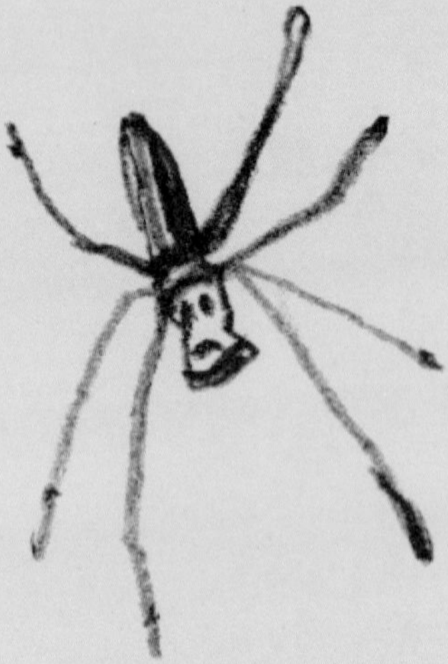

市區裡的小百岳——十八尖山腳下的上班族

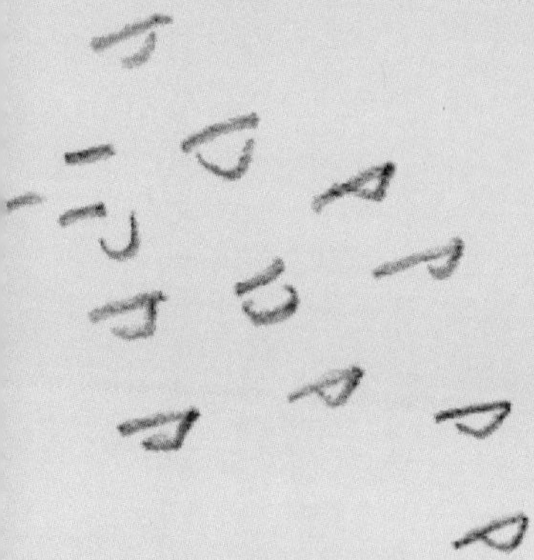

黑夜停留在夏季的時間不長，往往不到清晨五點，天空就已褪去一大片墨色，直到東方魚肚白，太陽也毫不客氣直接在地表上加熱，上升的溫度讓人有種錯覺，以為現在是早上七點。這時候，許多人不約而同到十八尖山散步、跑步和跳跳舞等等，甚至有些阿公阿媽們在登山口前的路旁，擺起一些自家栽種的蔬果來賣，等待運動回來的人來買，熱鬧的情景讓這座山頭瞬間成了人聲鼎沸的早市，一點兒也不輸給菜市場。此時，我跟大家一樣置身在這座山裡，正在進行自己想做的運動。

記得小時候住在十八尖山的山腳下，在高樓大廈尚未矗立起來前，周圍附近都是低矮的房子和田野相鄰組成的環境，只要抬頭往上看，就能看見半山腰上的山頭，有種與大自然非常接近的生活感。十八尖山的東邊山腳有清華大學，西邊山腳則是交通大學、新竹高中、新竹高商與建華、培英兩所國中，幾乎串起了整個新竹市東區的蛋黃學區，更是居民、學生和十八尖山間往返捷徑。每逢週末假日，為了消遣無聊時光，媽媽經常帶我們從家裡徒步到新竹高中後面的小路，再銜接上十八尖山的自由車場玩樂，這條小徑對我們來說再熟悉不過，像在逛外婆家的後院一樣。直到長大在培英國中和新竹高商念書，學校更是在一年一度的運動會安排學生們沿十八尖山環山跑步；對於不喜歡在人工操場上跑步的我，更喜歡在兩旁有樹的步道上徜徉奔跑，在山裡跑步似乎會得到更自由的風，另類體育課的方式，加深了我與山的連結。

我喜歡抬頭一看到的是雄壯的大山，它讓我的眼睛在山頭上自由漫步，這樣向山的心境，讓我願意翻山越嶺，走入高山深處。首先，最重要的是持續保持體能上的強壯與強化心肺功能，才能觸及自己想看見的群山、森林及風景。因此，在爬百岳之前，這座市區裡的小百岳—十八尖山自然成了我自主訓練的地點，也是我從頭了解這座山的開始。從地形構造上來看，有十八座高的山頭所組成丘陵的地帶稱之為十八尖山，海拔最高處為 131.79 公尺。在最早期，曾經是原住民道卡斯族竹塹社的獵場，歷經清代的義塚，直到日治時期開始積極推動新竹公園、森林公園的興建，日人認為十八尖山的山區內仍保有原始的天然樹林，進而著手整修，賦予了這座山新的定義與樣貌，也就是森林（東山）公園。而日本尊崇山的文化，間接促進了全民親近山的運動，讓這座山成為新竹市的象徵之一。

四通八達的十八尖山有多達十個登山口，擁有各式各樣的登山步道、捷徑，每處入口風景不一，饒富趣味。主要的步道是以柏油路為主，許多人都聚集在這條路上健走，上方有開闊的樹林，但我比較喜歡走在人少的荒土小徑，或者登上藏身在樹林間

喜歡走著走著，就遇見了山　攝影／林瑋萱

的階梯。若是做為百岳練習場，我常以博愛街入口停車場對面的獅子亭為起點，利用三百二十二階的步道作為強化心肺的訓練，一路爬升到最上面有白鶴像的幸福亭。我一向不喜歡走平坦的人工步道，但越不好走也就是最好的訓練場所。回想第一次剛走到一半就冒汗直流、喘吁吁，腦部因暫時缺氧而感到頭暈，身體上的不適應導致速度緩慢，心想這樣子還能爬上百岳嗎？著實被自己的體能狀態嚇到，於是下定決心要鞭策自己，直到感覺雙腿的肌耐力達到極限，才心滿意足地回家。

住在山腳下生活的小人兒們，受祂的庇護安穩的長大，像是我們的大地母親一樣。每天清早可以呼吸到山頭傳來的清新草味和涼爽的微風。周末散步路過也會看到十八尖山，即使不走到山口，仍能隔空感受到綠意的訊息。平日早起的上班族和學生們，宛如魚群般的從四面八方游到山腳下匯集，再分散各自去上班上課。看著匆匆忙忙的學生們與我走在相同路線上，到了路口轉角，向左走、向右走，前往不同的目的地，彼此都不認識，也似乎少了停下來觀看世界的悠然閒適。

城市生活裡的人們，何時會想停下來看看不一樣的世界呢？我常覺得一旦轉換到山裡的空間，大家會更容易擁有共同的意識連結，而十八尖山裡的石觀音像似乎就有這種讓繁忙人流停下來的安靜氣場。這處位於博愛街五巷的登山口，新竹高商後方的竹高步道，是我最喜歡進入十八尖山的入口，在日夜互換前後的清晨或傍晚時刻，由此入山，一階一階地向上步行，特別會有一種神清氣爽的釋放感。據說當時日本政府為了安撫居民對滿山墓地的敬畏並安慰亡靈們，特地向日本山口縣訂製運送來三十三座石像，仿照宗教巡禮之路「西國三十三觀音」的方式，沿著蜿蜒坡度設置石觀音，至今僅存二十四座。無論往上或往下的途中，我每次經過時都會特別停下來，雙手合十對神像參禮，且會好奇蹲下來端看石觀音的模樣。每座石雕神像的身後都描有圓形金光，所持的法器與姿勢也各不相同，看著看著也覺得蠻有趣，有時會忘記自己是來爬山的。

石觀音雖然是以巡禮供拜的方式安座於此，對正在運動的我而言，祂的存在反而像是馬拉松選手的補給站，在為我打氣喊著：「加油，快到了！」讓原本疲憊的我就像是喝了佛光牌的能量飲，無論在心境或是精神上都獲得足夠的支撐與祝福。沒有想到在山林間還能接收到祂們的鼓勵，合十感謝。這座山，在人們心裡有著不同的意義，每個人皆以自己的方式進入山裡，關懷這片具有歷史文化的森林。而居住在山腳下的人們懷著虔誠的信仰前來巡禮，沿著某一路線來回，整理小廟周圍大樹落下的枯葉，保持乾淨並維持石觀音清晰的輪廓，呈現神性的聖潔感，而我們也得以見證石觀音的歷史。我相信，每個人的內在就是一處至聖所，而地表上的朝聖巡禮，非要是從起點到終點的行走模式，而是將這個世界秩序讓渡給一體意識，個人的真心在這條無遠弗屆的朝聖之路上，有時候也是一條立地即成佛之路。

關於山的姿態，有些可愛、有些雄偉，也有些令人畏敬。無論何種樣態的山都會有人登門拜訪，直達山林的深處，最後愛上這座山。十八尖山難得之處在於它可親、可愛也可巡禮，還有時能在不經意間獲得山神與神佛賜予的智慧。當我蹲下來仔細端詳石觀音的面容時，忽然之間讓我看見了自己本身的模樣，想起內在很久不見的自己，是否也需要經常巡迴並整理呢？時時觀照內裡的自己，也是一種回饋於自身的旅程。

十八尖山

寫生誌

山裡有很多動物，靜靜地隱藏樹林之間，由於動物與樹林的顏色很接近，一時很難發現牠們的存在；但正因為如此，我們彼此之間要有「距離」，才能自在地在一角落生活著，互不打擾。有一日，我在十八尖山看見樹梢上面有鳳頭蒼鷹、結網的人面蜘蛛，以及有長長耳朵的貓咪在樹林地上。我與牠們各自怡然在不同的位置上，享受著同一個環境與時間。

《十八尖山之動物》，2022，素描紙、鉛筆，10×14公分

02.

以動物之名
譜一段山之旅——
八通關古道

隱藏在你心中的動物是——

有一款知名的動物心理測驗，測驗對金錢、尊嚴、工作、戀人等人生課題的排序位置。其中會列出幾種不同的動物，主人翁與這些動物們共同展開一場旅行，而後主人翁會在旅途中一一捨棄動物，以此來測驗那些自己不太在意的面向、還有緊緊抓住的執著。通常第一個放棄的動物和直到最後都難以割捨的動物都具有特定的象徵意義，可從這款動物心理測驗中探知主角現階段的心理狀態。

當我第一次做這個動物心理測驗時，和「一群動物一起去旅行」的畫面便留在我的腦海裡，每隻動物鮮明獨立的做自己並擁有各自技能，這個「非人」的團體讓我覺得很厲害。我想到摩根（Marlo Morgan）在《曠野的聲音》裡提到在澳洲旅程中遇見的原民部落是「真人」（Real people），而相較真人的人則為「變種人」（Mutant）[1]，是一群已喪失或丟棄古老記憶和永恆真理的人。於是，我想更動此心理測驗的遊戲規則，加入「共享」的元素，若主人翁也化身為一隻動物，沒有捨棄的議題在當中發生，更多的是一群動物共同出遊以及互相陪伴和個體間獨特性的開展。

萌生這個想法的初始是從我第一次踏上台灣三千公尺以上的百岳——合歡東峰，眺望遠方綿延的山線，深深地被大山擁抱，從此愛上高山世界那一刻。我開始決定要和同樣喜歡山的好友們一起走入山林，探險人生。起初和一、兩位朋友在週末假日爬爬郊山，彼此堆疊累積默契，漸漸地加入不同的山友互動，正所謂不爬不相識，某次的歸途中，大夥聊起了「你覺得對方在山裡會是什麼動物？」的話題。

我們一邊探索山，也摸索人。藉由動物的獸性和感受對方的氣質，我和山友間對彼此有了藏於心中的動物代號。鑑於每個人都選擇了與自我性格相符的動物來代表在山上的自己，展現與眾不同的存在，我則選擇了「驢子」，驢子很可愛而且踏實，身上的毛皮配色粗獷溫暖，搭配健壯的體格和有點胖胖扎實的腿，行事作風一目瞭然。

動物山友裡的「草鴞」，擅長事前撰寫登山計畫書，規劃登山路線和天數，細心且有潔癖的她是團隊裡溫柔支持的存在。活潑積極的山友「黃喉貂」，擁有天籟般的歌聲，淘氣且情感充沛的她總有一股向上進取的爆發力，是團隊裡情感凝聚的靈魂人

---

1. Mario Morgan, 《Mutant Message Down Under》(London: HarperCollins Publishers, 1995), p.154.

物。山友「穿山甲」姊姊很像是從外星球來探訪地球的高級生物，與人類維持心理上的距離感，不受情感支配的她反倒擁有看透實相的能力，總能冷靜判讀數據且從容地面對人事物。另一位年輕夥伴「山羌」，步伐輕巧敏捷，移動迅速俐落，生來是個運動好手，任何困難地形都難不倒她。除了是團隊裡打頭陣的前鋒，還有一顆與萬物連結感應的心。充滿歡樂力的「食蟹獴」是一位美食家，總是帶來豐盛的點心，滋潤著夥伴的胃。步履緩緩的她擁有超群的毅力和堅強信念，相信大地媽媽總會安排最好的一切，是團隊裡忠實的跟隨者。

除了動物山友之外，非常特別地還有一位是植物「野薑花」，是一位充滿生命力的媽媽。經歷過大病且年逾六旬的野薑花媽媽，學生時期是登山社的一員，喜愛台灣的高山和野地裡的花草，一草一木對她來說都是極珍貴的創造。

以上，我（驢子）的動物山友成員有「山羌、草鴞、黃喉貂、穿山甲、食蟹獴」，還有一位植物山友「野薑花」。隨著爬山的日子增加，陸續地認識更多的動物山友，如山豬、長鬃山羊等。卸下人類裝扮的我們，就像一群野生動物一樣放生在山徑上奔跑、跳舞，忘了自己，忘了時間。

六隻動物和一株植物的旅行自拍

攝影／自拍

不要為明天憂慮喲

六隻動物和一株植物的旅行——
山羌、
草鴞、
驢子、
黃喉貂、
穿山甲、
食蟹獴、
野薑花。

《六隻動物和一株植物的旅行》，2023，鉛筆、素描紙，15.3×10.8 公分

八通關古道位於南投縣信義鄉，西側入口由東埔登山口進入，越往東走會遇見八通關山（海拔3335公尺），是臺灣中央山脈的核心地帶，也是布農族生活的領域。日治時期為了要控制原住民的活動，在東埔的東段開闢了這條古道，並在路上蓋了三十四間駐在所，成為日本人、漢民族和原住民之間的交集處。古道上所遺留的文物（酒瓶器皿等）和駐在所建築，都是見證這段歷史的重要標誌。

在山友草鴞和野薑花媽媽的邀請下，我們自組了第一次的登山古道探險隊。一行七人坐上九人座車在台21線的高速公路疾馳，原本密密麻麻的風景很快地被往後拋，取而代之的是一片連綿不斷的綠色山巒和寬廣的白色河川。透過車窗，看見遠方的山，立刻感受到自己的血液沸騰，手上緊握著山神賜予的通行券，為我們即將進入嚮往已久的八通關古道敲響前奏。

登山前一晚，我們在下榻的旅館裡檢查隔天的登山裝備和食物是否齊全。山友草鴞像是舍監巡房到房間檢查各人的登山包，提供我們減輕負重的建議，如零食卸下外包裝集中放在夾鏈袋，錢包也由輕薄且防水的小夾鏈袋取代，還有濕紙巾僅帶需要的張數即可。我們根據草鴞的登山小貼士大大地整頓了裝備，只留下必要且實用的物品。經歷這場物品取捨的協商大會之後，登山包之於我身上的重量，讓我更深刻地感受到人與動物的分別，人們常竭盡所能地背負超過自身可負荷的重量，而動物所需的一切就在山裡。動物知道如何取用自然資源，如何活在當下。睡前，我傾聽內心的動物導師，祂輕聲地回應我：「不要為明天憂慮喲」。

日曬淺焙的山歌和重烘焙的鼾聲

這趟為期四天三夜的登山行，我們由八通關古道西段的東埔登山口進入，途經大崩壁、瀑布、高繞等挑戰，就像是在進行一場場的闖關遊戲。原本平易近人的古道，歷經這些年的風災摧殘，地形開始變得破碎，甚至有許多路段需要花上一倍的時間向上高繞取道。每遇山重水複疑無路，需要在高繞與原地形崩坍之路線間抉擇時，前鋒山羌會先回報前方的路況，穿山甲和草鴞總是拿出手機仔細地查看離線地圖，研判當下的地形，找出適當的路線引領我們往正確方向前進。

古道上有幾段令人卻步的崩壁，我們一個接一個互相扶持、勇往直前，一起越過恐懼線後撿到更多開闊明亮的景色，好像得到了大自然的回報。踏在鋪滿落葉的古道小徑上，山友黃喉貂忙著與樹梢上鳥兒眉來眼去，從她止步專注的眼神得知鳥兒們正回應以清脆的歌聲。野薑花媽媽也忘情地在小徑上唱歌，聲音的旋律彷彿讓整個山谷都為之一亮，像是一雙透明的手，輕柔地拍著我們的背，讓我們忘卻肩上的負重和眼前的困難，享受這些奇妙的時刻。我們沐浴在這輕快的節奏裡，邊走邊玩，比預定時間還晚2小時才接近第一晚住宿點。抵達時已經是比墨汁還濃的夜晚了。

夜幕低垂，如刮上一層油畫顏料般的厚重黑暗，淹沒了周圍的景物，讓整個氛圍更加陰森。大家排成一條線形行走，依循頭燈照亮的方向，在幽暗的森林中摸索前進，手腳並用地走過地形多變的地區，沒入看不見盡頭的深處。走在最後頭的我，看見前方的同伴猶如螢火蟲般閃閃發亮，在這片黑林中成了我的燈光。拖著疲累身子的我們，總算從濃密的林間走出，抵達一座傾斜的山屋，在一個四周有牆的空間下落腳安歇。我們是今晚包場的第一組客人。

我點燃登山爐的火開始煮水。看著水從平靜的表面逐漸沸騰起泡，暖呼呼的薑母

八通關登山口

攝影／林瑋萱

茶下肚，此時才感覺體力恢復了些。在頭燈微弱的光芒下，隱約可見彼此的臉孔，我們艱難地煮起了晚餐；飯後分享了今天的探險歷程並討論明天的行程路線，這話題讓我有參與感，也讓彼此心靈更加貼近。這一天晚餐雖然簡單，卻是山中最溫暖的記憶。

這晚睡前，我們在山屋角落發現老鼠的蹤影，索性用鞋帶把垃圾包起來懸吊在半空中，我睡覺時前額戴著頭燈、張大耳朵（戴著助聽器）警醒地守著登山包內接下來兩天的食物。本以為半夜會聽到老鼠在床上四處亂竄或抓垃圾袋的聲音，不過我聽到的卻是「碰！碰碰碰！」的聲響，嚇得我整個人從睡墊上跳起來。原來是隊友起來上廁所卻因為門把上打結的繩子纏住開不了門，努力拉扯下發出了聲響。當時我還真以為是一隻巨大的動物試圖闖進來。

夜晚山屋裡的聲音，添加了神祕又不可思議的配方，而通常比聲音更先竄出來的總是那些編織的畫面，而我們就是自己的最佳（假）編劇和最佳（假）導演。隔日清晨，夥伴食蟹獴說她聽到野薑花媽媽的打呼聲，讓她感到非常地安穩踏實。這讓我體認到，這些具有生活感的聲音或是節奏，有時竟是使我們安息的魔法藥水。食蟹獴後來連續兩天都睡在野薑花媽媽的旁邊。

在山屋裡煮晚餐

攝影／H

《一個會發光的山屋》，2022，鉛筆、素描紙，30×21 公分

龍背上的八通關大草原

灰頭土臉的我們在森林中走了很久，爬上接近垂直的岩壁，終於站在最高的稜線上。我的視線順搭在這班天空裡的水平線列車上，啟動眼睛內建的全景模式眺望對面的群山，蒼蒼闊闊。正當我俯瞰下方時，被展現在我面前的八通關大草原給驚豔了。我們彷彿走在一隻古老巨龍的脊椎上，如此有生命力的氣息連動著我們的心。這景也如同一幅畫作，明亮、壯闊且浩瀚，充滿著自然的神奇創造。玉山箭竹構成的草原，當風吹動時恰似一條柔和的河流，在陽光下閃耀著迷人的光彩。這片草原，打開了我的眼睛與耳朵，喚醒了我對自然的熱愛。

我站在龍背上俯瞰八通關大草原，心情如同雪柏德（Nan Shepherd）形容登山時出現的「異常亢奮」狀態：「經歷過它的人有著獨特的身體構造，能在高處呈現出最自由、最活躍的狀態。」[2]此刻我才意識到，自己在登山時身體釋放出來的雀躍，越

2. 娜恩．雪柏德（Nan Shepherd）著，管啸塵譯，《山之生》，臺北市：新經典文化，2020，p.50。

過語言，超乎知識。我好想從山頂奔跑下去，撲進大地母親的懷抱裡，直到用盡全身的力量，相信這超越肉眼所見的真實。

動物的三溫暖會議

登山最後一日，午後下起一場暴雨。

幸運的我們在出登山口後，搭上一台採收高麗菜的回頭車，順利回到登山前下榻及寄物的旅館。全身濕淋淋的我們歷經一場奇幻之旅歸來，奔赴旅館內附的設施泡湯、沐浴，放鬆全身的肌肉。也許是因為浸泡在水溫40度的泉水裡，每隻動物（山友們）攤平放鬆地橫在水池裡，我卻感覺空氣中有一股強烈的情緒席捲而來。在完成登山之旅的喜悅還未存入記憶前，更多內在的緊張、錯愕、不安、驚嚇等酸楚微微地流向池水裡。我們在這裡洗滌再洗滌，最後留下的即是那特別珍貴的友誼。

龍背上的八通關大草原　攝影／林瑋萱

我回想這些天旅行中一些膽戰心驚的時刻，如每次經過崩塌之處都能感覺到危險擦身而過。也曾在迷霧林中差點迷途、雨中失溫前及時趕到山屋，還有下山途中，野薑花媽媽穿了五年的登山鞋悄然與鞋底分開，讓我們有些措手不及。儘管如此，平靜與恩典也一路伴隨。在那些認真趕路的時刻，常常會不自覺地進入出神的狀態，好像這個行走的過程已成為一種冥想，讓我忘卻了疲憊與執著。

奮力登上百岳八通關山（3335m）和八通關西峰（3245m），然而只看到一片白牆。草鴞拿出她為登頂保存的大蘋果，切片分給大家吃，作為獎勵。果香的氣味散發在稀薄的空氣中，聞到並嚐到甜美多汁的滋味是最高的幸福。以及鄰近荖濃溪的中央金礦山屋，只有我們七個人包場的發光避難所，夜晚還有一對黑熊母子和黃鼠狼。走過崩塌處再回頭看那一大片發亮的銀白色斜壁，這驚險的強度最後仍不敵那些既震撼又美麗的畫面。

泡完湯後，我們一個接一個地進入烤箱室中，捲曲著像一顆地瓜。與山上避難休憩的山屋不同，山下的烤箱室把我們烤得紅通通的，由外到裡透出那一顆顆熾熱的心。我讀著山友們的唇語，看著大家又哭又笑的東倒西歪，最終給予彼此深深的擁抱。若依照人類情緒常說的三步溝通心法：「請、謝謝、對不起」我覺得由動物召開的三溫暖會議則是偏向動態的「泡湯、治癒、忘記」。「泡湯」，代表我們願意一起坐下來，形成一個對話圈圈。「治癒」，是這個圈圈會把每個人串起來，如同我們入山前會手牽手圍成一個圈圈，和大地以及創造它的存在說話。「忘記」，則是不背負過去的記憶生活。我認為這是動物與人最大的差別，動物總是能毫不費力地回到自己最初的樣態，活在當下。

第一次攀登百岳的自組隊讓我感到非常幸運，因為在人生的旅途中，能夠找到一位陪伴走過古道和高山的夥伴並不容易。在旅途中，得以與各種不同個性的夥伴相處，這讓我更深刻地認識了他們，並且從他們身上學到了很多。特別是野薑花媽媽，回程她拖著壞掉的登山鞋努力跟上我們，她的意志力與正向讓我深感佩服，她的堅毅精神也讓我在艱難的旅途中有了勇氣和動力。我以動物之名譜寫這段八通關西之旅的山友，也願我們向隱藏在內的動物性致敬。

《觀高腹地》，2022，鉛筆、素描紙，15.3×10.8 公分

《觀高駐在所》，2022，鉛筆、素描紙，15.3×10.8 公分

《谿谷》，2022，鉛筆、素描紙，21×30 公分

《八通關大草原》，2022，鉛筆、素描紙，15.3×10.8 公分

《巨木》，2022，鉛筆、素描紙，30×21公分

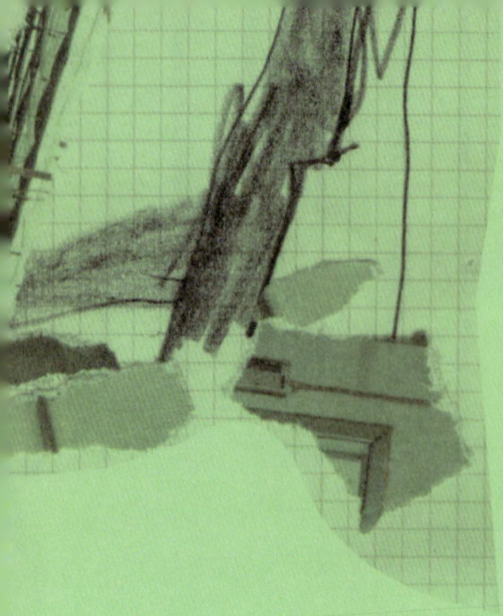

03.

耳朵上的山——大小霸（Babo Papak）

大小霸（Babo Papak）

攝影／林瑋萱

天氣晴朗的時候，在新竹市區的某些高點就能遠眺大小霸尖山，而那條令人心動的聖稜線則是它們掛在天上的招牌。大小霸尖山自古以來是泰雅、賽夏兩族的聖山，「Babo」在泰雅族語是「山」，「Papak」則是指「耳朵」的意思，大小霸尖山就像是一對在高處的耳朵，朝向著天空。對泰雅族耆老Watan・Tanga Atayal而言更是有「傾聽天上聲音的耳朵」[3]之意，由早期泰雅族流傳的一句諺語「wali ungat utux mung」（總有天神在傾聽）的敬神觀而來，這座山默默地將天上收集到的聲音帶給土地上的人。

來自大鹿林道隱形的氣味邀請函

我們一行七人在天未亮時，戴著頭燈從觀霧山莊步行到大鹿林道檢查哨前的通關柵欄。前方原本看不清楚的景，因天空忽然降下一道斜角45度的朦朧金光點亮褐黃色的小徑，讓兩旁黑暗的樹林因晨光而甦醒，在我們還未正式踏上大霸線前為我們鋪上了生氣蓬勃的入口。這條平穩悠長的大鹿林道讓人走起路來感到開闊舒適，實在難以想像它如此脆弱，每逢颱風過境就易造成落石崩坍，導致路線封閉。林務局一再地搶通道路，守護那眼前不易的林道對登山客和動物們而言是非常珍貴的。林道全長約19公里，接捷徑陡坡往下可接馬達拉溪橋，過橋後，就會看到行政院農委會林務局的圖騰石柱，這是舊時前往大霸尖山登山口的起點。此行超過60公里的路程雖然十分遙遠，但對我來說是一個朝聖的起點。

月亮漸漸地隱藏在白色天空裡，太陽隨之在高空上露臉，氣溫上升曝曬著大地，雖是十月天但熱得我汗流浹背，正感到悶熱時，忽然嗅到一陣香氣，為感官身體灌進了一些沁涼與舒暢。這股味道像是搓著薄荷葉散發出的清涼香，我好奇地問了夥伴有沒有聞到，夥伴正專心地走路答說沒有特別聞到什麼，但我仍納悶這氣味是從何而來？我確信這與一般的空氣不太一樣，放慢腳步後循著氣味線探尋不同的植物。我蹲在地上拾起毬果靠近鼻子嗅聞，發現味道來源不只一種，揉合日曬乾草混著花的香甜

3. 參「大霸尖山如耳朵 傾聽上天聲音 2016-03-16 Atayal TITV 原視族語新聞」，https://www.youtube.com/watch?v=_X-EE0jJDcQ，檢索日期：2023/1。

和樹木的木質味，加上地上的松果，有著羽毛般的鱗片會隨環境乾燥迸裂，讓內藏的種子間接地散發出微微的甘甜味，連松鼠也愛吃這款味道。接連陸續看見兩隻小山羌分別躺在路徑旁的草叢上，推測是從上方岩石邊坡跌落死亡，眼睛睜得很大，彷彿受到驚嚇，然而並未散發出腐臭味，或許這些味道都收攏在整座森林的氣味罐裡，不論撲鼻而來的是植物的清香抑或是動物的腺體分泌味，都喚醒並張大我身體的感官。獨特的氣味讓我得以加入這片森林的對話中心，回到一點點的原始狀態。我收到一份來自大鹿林道隱形的氣味邀請函。

植物具有獨一無二的氣味

攝影／林瑋萱

耳邊風

林道入口到馬達拉溪橋的路很長，夥伴們三三兩兩排列邊走邊聊，打發漫長無聊的時間，一路上可以聽見不時穿插的嘻笑聲，歡樂的氣氛感染了林道單調的風景。然而時間越發拉長，越感覺到「聲音」似乎成為走路的重心，此時卻是我「消音」的開始。我在山上講話時，發現沒有人聽見我的聲音，每個人都是往前走，要等到對方回頭看見自己時，我的手語和聲音才有立體的呈現。我在聽人的世界裡發聲時，聲音時常被內外空間的聲音抹消，也就是當發出來的字音因不清楚、不正確而消失在另一個語言的空間裡，無歸屬性與方向性。聽人山友們可以不須看著對方的表情與嘴形，埋頭走路即可聽見他人說話，更可以在語氣上得知對方的情緒，並適時地回應產生持續的互動，這一點讓我心生羨慕。我因為聽力範圍有限，僅能聽見走路發出沙~沙沙~的磨擦聲，山友們的談笑對話就像一陣耳邊風拂過我的臉龐。我感到很寂寞，突然有一種無法融入團體裡的感覺，於是萌生了「很想成為那樣聽得見的人」的想法，想要和聽人朋友們一樣在任何的環境下悠閒地走路，眼睛可以不用盯著對方的嘴型，也能跟別人對話，不用擔心自己在消音的環境裡落單。

為了擺脫這孤單的幻象，我決定遵循自己的心，調整自己的步伐與呼吸的節奏，退後一小步拉開與山友之間的距離，直到大山的景緻收進眼底；對焦框裡不再是山友們交談的背影，高聳的樹和滿布星星形狀的楓葉充滿了我。大自然是我此刻專注的對象，比起用言語與人交談，我更擅長與動植物交流。與其追尋那些在風中丟失的聲響和語言，我願跟隨自然的氣息和景色，還有在視線可及的安全範圍內跟著隊員凝聚的腳步流，保持團隊之間的距離，讓無形的聲波和氣流成為我們的屏護場。

「丟掉語言
我想變成搖動的樹木
變成十萬年前的雲朵
變成鯨魚的歌聲
此刻我回歸無名
眼睛耳朵和嘴巴被泥土堵住
已把手指託付星星」[4]

在表象的世界上感到孤單，有時候也蠻好的，意謂有一個離線的機會可以從心的方向再次遇見自己。原來我也很好。我不需要急著成為聽得見聲音的別人，值得專注的是，其實身邊已擁有的感動。因此，我很喜歡在山裡做各種活動：找尋山的形狀、觀察各種昆蟲和奇特的植物，如果遇見很喜歡的某個樣子或形狀，就會立刻停下腳步並拿出速寫本和鉛筆快速寫生。我走得比山友們慢很多，大概是別人一倍的時間，我想要知道關於山的所有細節，渴望對它如數家珍，每個路段、每座山頭有著什麼樣的景色，又是什麼樣子的動物住在這裡，這些線條都在腦海中跳動描繪，我想要好好記錄這一切，把它畫／話出來。

4. 谷川俊太郎（Shuntaron Tanikawa）著，田原譯，《我》，台北：大鴻藝術合作社，2017，p.97。

黑森林搖滾區

結束19公里漫長寬闊的大鹿林道後，午後從馬達加溪登山口起登至今晚休憩的九九山莊約有4公里的連續陡上。我們向前賣力地邊消耗熱量邊堆積乳酸，雖然身體很累但心情卻很雀躍，我經常被身旁的奇特植物吸引而感到驚喜。直到進入黑森林區，林木繁茂且遮蔽日光，幽暗滲透的光徑連接起土地，由一堆黑灰白的立方體岩塊堆成高低落差的石瀑，在光禿禿的岩石上長出了一片微型森林，吸引無數多的苔蘚在此生長蔓延。如此饒富趣味的地形讓我深深著迷！

附著在岩石表面的青苔，有如水墨畫裡的潑、漬技法，產生豐富且變化多端的水墨肌理。每塊大石如此隨意，不多不少，像是大自然雕琢的公共藝術品，散落在高低起伏佐咖啡色的針葉林海裡，一切都處於原生狀態，散發著荒野之景象。我被那充滿魅力的光景吸引，走過石瀑群仍依依不捨的回頭望向大石。正如基墨爾（Robin Wall Kimmerer）在《三千分之一的森林》中曾說：「青苔和岩石之間，一直在進行著一場古老的對話，那肯定成了詩。」[5] 想到此景，每位登山旅人沿途所見，莫不是帶著步步詩意向上攀登呢！

往九九山莊 3k 處的石瀑區
攝影／林瑋萱

5. 羅賓・沃爾・基墨爾（Robin Wall Kimmerer）著，《三千分之一的森林》，台北：漫遊者文化，2021，p.21。

九九山莊凌晨2點的即興樂光

心情上的愉快讓我在不知不覺間抵達這兩晚的落角處——九九山莊，穿越山莊的原木招牌後，裡面像是個小村落，山屋、廚房、洗手台和餐廳的圓桌椅樣樣齊全。向莊主報到後，我們被安排睡在有大樹守護的龍門客棧一號，木製的建築物上漆著明亮的紅褐色搭配土耳其藍的窗框，木頭斑駁載有歲月的痕跡，卻莫名符合想象中的山屋圖像。一推開鋁門就發出ㄎㄨㄞ ㄎㄨㄞ刺耳的聲音，室內左右兩側各有一整排的上下通鋪，中間有休息的長椅，上方有拉繩可作為掛晾衣物的空間。午後有陽光的山屋散發小木屋的溫暖，上鋪的軟墊讓人放鬆起來，不知不覺瞇上了眼，鬧哄哄的聲音也悄悄地安靜下來。大伙趁晚餐開飯前小憩，有的人抬腿，有人默默在一塊角落抽出睡袋整頓小窩。歷經一整天身體和意志的磨練，體內正微微發熱釋放壓力，此刻大伙無語相伴，即使做著其他的事也感到安心。吃過晚餐後走到戶外散散步，一抬頭看見頭頂上的銀河，像一條流淌在天上閃閃發光的河流，是我爬山以來首次看到這麼清澈的夜空。

這一兩天來睡九九山莊的人不多，因此每個人獲得寬敞的空間，但我們喜歡緊挨著睡在一起，這樣比較有安全感。半夜通舖傳來微微的晃動，我被搖醒，側躺轉頭瞥見原來是身旁的大叔比我早起，迅速地跳下床。三兩個人戴著頭燈在屋內探照找東西，這些晃動對我而言不是干擾，也可能因我聽不見而忽略了他們整理行李的雜音，猶如一齣黑白默片。我確認晃動的來源後繼續瞇著眼窩在睡袋裡，但薄薄一層的眼皮受到頭燈掃射的光影刺激，即使半閉著眼還是可以看到白色圈圈在黑牆上跑來跑去，終究還是無法不管它，只好索性睜開眼看著天花板上跳躍的光圈，忽然看見「話語」宛如音符和鼓點發出來的聲音，彷彿「聽見」光影在交頭接耳地說話，這一刻的畫面令我看得出神，非常專注地聆聽這場凌晨2點的即興樂。

光，是聲音

攝影／林瑋萱

巨無霸的千層蛋糕

我們在半夜3點左右吃完早餐後，揹上攻頂包、戴上頭燈、抓上登山杖，摸早黑一身輕裝出發。進入海拔三千公尺的空氣冰冷稀薄，雖然一路爬升很喘，但身體已啟動高海拔的記憶模式，調息呼吸、不疾不徐。一路上有許多登山客跟我們一樣特別早起，翻山越嶺不辭辛勞為一睹傳說中巨大如酒桶狀的大霸尖山；尤其早晨的遠山有粉紅光暈色的氣流，層層的黑色山巒加上點點的人潮，都是日出時刻的大景。從遠處見到它那獨一無二的山形，尖聳的大霸尖山，四周皆為懸崖峭壁，反而凸顯它的霸氣。還有清晰可見的聖稜線，日照之下更顯遼闊。我興奮且小心翼翼地沿著垂直的岩壁走向霸基，還要不時躲避從岩石裂縫中滴下來的水滴，抬頭往上望山巔，只看到自己的渺小。沿著大霸腰邊行走的這段路，可以說是由無數多山友踩踏整平出來的一條路，路寬不過一尺，我的左邊是一整片岩牆，右邊則是斜下的礫石坡，放眼望去裸露度頗高，幸好這時晴朗無風，讓我可以慢慢的走，並近距離觀察岩體表層堆疊的岩片與水痕留下的漸層色，忽然覺得，大霸尖山就像是一塊巨無霸的千層蛋糕啊！我想像它的口感堅硬扎實，層層的鐵灰色澤沉穩富含風味，絕對是給山友的最棒一道甜點。

此時看見走在前面的大伙停下來，紛紛伸出雙手觸摸岩牆，像是在跟大霸尖山對話。我也跟著撫摸堅硬的岩塊，手心傳來濕漉漉的沁涼，彷彿觸到大霸呼吸的聲音，層疊之間的一呼一吸。在一旁的H回頭跟我示意，走在最前面的Mark哥說這片牆的能量很強，可以感受一下。除了人與人之間情感的交流之外，我們更需要時常走出戶外，脫掉鞋子、赤著腳踩踩土地並擁抱樹木、聞花香，提醒我們記得要成為更溫柔的人。大霸尖山擁有很多樣貌，我站在安全的地方僅看到它的一側，光是單面看得不夠盡興，我迫切地想要認識耀眼的Babo Waqa（大霸尖山）多一點。所以讓原先沒有打算往前推進到小霸尖山的我，跟著山友們一起走過稜線到小霸下方，我心想也許從小霸看過去大霸的角度不一樣呢，趁著山友攀登小霸尖山的這段時間，把握時間到附近晃晃，無論坐著、遠望、躺著或趴著，以各種的姿勢試圖拼湊大霸尖山完整的樣貌。回程時我再次回望雙耳嶽，用力地把大小霸刻畫在我的腦海裡，帶著大山的祝福繼續解鎖新的旅程。

傾聽大霸尖山內在的聲音
攝影／林瑋萱

日出前的大小霸

攝影／林瑋萱

寫生誌

其實在大霸尖山一邊移動一邊寫生有點困難，因為停留時間緊迫，再加上高山的複雜路徑、無限陡上以及多樣的地形，光是專注在行走上就耗盡許多力氣。我心中明白單一媒材不能完整表現我想要的畫面，在下山後的安靜狀態下，細細回憶大霸尖山的光景以及觸摸過的岩石與青苔。除了大霸尖山的素描寫生之外，石瀑區的作品比較特別。我先前大多是以鉛筆來畫，但效果沒有達到我想像中的樣子，因此換了其它媒材，用特別染過墨水的紙張來撕成不規則大小的紙塊，讓每一張看起來像是石頭般，以拼貼的方式再現石瀑區的樣貌。

石瀑拼貼創作 -1，2022，紙、鉛筆、黏貼，26×21 公分

石瀑拼貼創作 -2，2022，紙、鉛筆、黏貼，26×21 公分

《大霸尖山對面丘丘的崖錐》，2022，鉛筆、素描紙，10×14.2 公分

《大霸尖山側面》，2022，鉛筆、素描紙，10×14.2 公分

大霸尖山
Bobo papak
2022/09/28.

04.

藏光森林——
聽見點點色溫的
雪山黑森林

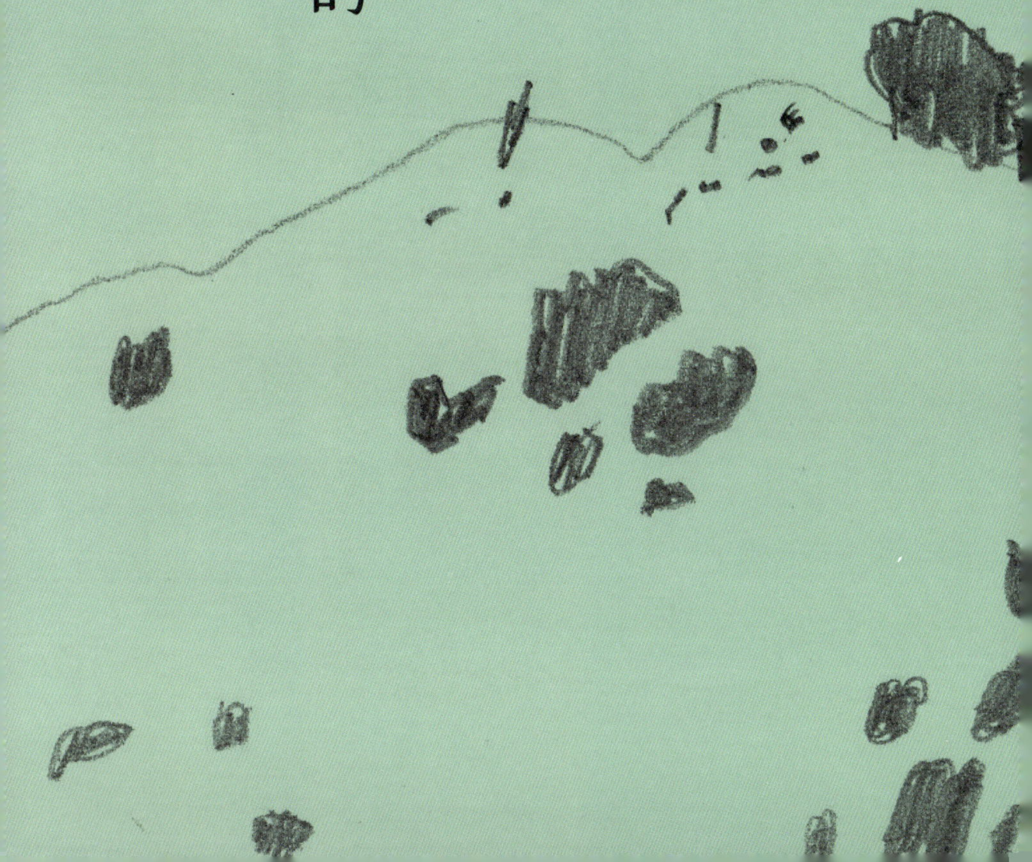

黑色的樹幹
黑色的樹根
我走進了這座黑色汁液的森林

沒有聲響
比聽不見的聲音更為靜寂的
闇
沒有別的

我感覺到了寒冷
我感覺到了孤獨

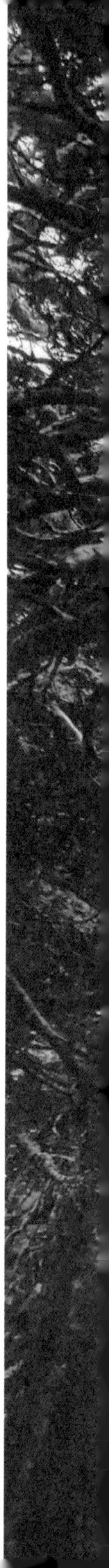

雪山黑森林　攝影／林瑋萱

我感覺到了壓抑
我感覺到自己變成黑色的一部分

我靜靜地站著
我靜靜地看著
我靜靜地等待

黑 開始漸層

然後我看到了一道光
一道溫暖而耀眼的光
如上帝之光一樣的光

打破黑色

它來自於樹冠
樹冠反白了
林間散發著光芒
照亮了黑

我跟著那道光
我走向那個地方
我找回了自己的溫度
我與所有的色彩在一起

但丁的黑森林

中世紀義大利詩人但丁的《神曲》，在序曲以第一人稱角度描寫自己在人生旅程的中途進入一座昏暗的森林，甚至在裡面迷失了道路。詩人但丁為書中的旅人但丁在進入〈地獄篇〉開頭前的背景描述，令作為讀者的我對這座昏暗的森林有許多想像。是不是每個人到了生命的某個時刻點，都會走入這座心裡無光的、荒蕪的、充滿祕密的黑森林？我認為，這個旅程跟爬山開啟的自我探問很相似，都是一段先下墜再開始向上攀登的旅程。

然而，一提到貌美的雪山時，我腦海中立即浮現出被白雪覆蓋的雪山頂和冰河雕刻出美麗痕跡的圈谷地景。我出發探訪雪山的這個季節，氣候異常伴隨滯留的梅雨，為夏季雷電交加的蒼色天空帶來這座山的另一種面貌。當我踏入海拔三千公尺以上的密林深處時，透過白霧的映照，看到冷衫的樹冠上充滿了茂密的松羅，我能夠感受到植物和樹木在沒有陽光照射下仍散發著生機。深深吸入剛剛生產的新鮮氧氣，我踏入了雪山黑森林。

黑夜裡的銀色驚嘆號

在進入雪山黑森林前，我和H半夜在海拔3150公尺的三六九山莊的上舖，被連續光亮的閃電喚醒。光奪聲而來。我從睡袋中抽起身，凝視氣窗外每隔3秒劈一道閃光雷雲的奇景。它們宛如巨大的棉花糖怪物，在黑暗中盤旋咆哮，無聲無息；它們是無聲的咆哮者，如同那些聽不見的人，以誇張的臉孔和手勢表達情緒，卻無法發出聲音。我注視著銀晃晃的閃電和灰灰的光雲，能感受到這些無聲能量的流動。雷雲的閃爍和咆哮讓我目睹大自然力量的無窮變幻，是如此浩大而無法抗拒。這樣的景象令我心境複雜，與此同時也令我對自然界的力量心生崇敬。

閃電，是黑夜裡一道道的銀色驚嘆號。銀色閃光咆哮的畫面讓我聚焦，不要以為什麼東西都盡在語言中，而是有更多的訊息都藏在光裡，聲音和語言都是後來才到來的。在那片無聲的黑暗中，我瞭解到，即使我無法聽到雷電的轟鳴，我仍然能夠感受到它們的存在。這種感知越過了聽覺的限制，將我帶入了一個無遠弗屆的維度，讓我與自然的力量連結在一起。這樣的經驗不僅豐富了我的內在世界，也提醒著我們每個人，去欣賞、保護並與自然共存。

天亮前的黑色驟雨

我和H在半夜3點前從三六九山莊朝雪山主峰方向出發，沿「之」字形坡攀登，進入茂密的黑森林。夜幕籠罩下，空氣中彌漫著濕潤的氣息，細微的雨滴不斷地飄落，逐漸轉為滂沱大雨。我身穿防水外套，以為能夠抵擋雨水的入侵，然而，隨著時間的推移，我忽然察覺到這件舊式的外套已被雨水滲透，我急忙脫下來檢查，驚覺穿在中層的保暖衣同樣被雨水浸濕了。一股寒意從骨子裡蔓延開來，身體彷彿被冰水浸泡，雙手溫度頓失。失溫的恐懼籠罩上心頭，我意識到自己太不小心了，沒有留意出發前應再三檢查裝備和行進中身體的變化。我感受著那股冷意逐漸侵蝕著身體，讓我顫抖不已。沿途的雨讓我的身體越來越重，每一步都變得沉甸甸，呼吸也變得急促，身上像是獲得了什麼越來越沉，但實際上卻是沿途一直在掉東西——我一直掉失溫度，體溫沿路掉落。心中默默希望沿來時路返回時能再把它們（溫度）撿回來。

我萌生想要放棄前進的念頭。

討厭這種下雨天和摸早黑的登山，這些負面想法動搖了我的心，讓我不知所措。我邊走邊為自己打氣，幸好H一直陪在我身邊一起行走，她的堅定平撫了我的浮躁，不斷地給予我支持鼓勵，並提醒我要前進或後退都可以，切勿停下腳步，務必要維持身體一定的熱能。此刻，我們共同面對著這場黑色驟雨的挑戰。

黑，是暫時的藏光

當我們到達圈谷時，天色微明仍籠罩在一片濃霧裡。谷底與邊坡的草叢點綴著模糊可見白色的玉山杜鵑，像是霧中探伸的小手。我費力地爬上碎石坡，每一步都讓我感到疲憊不堪。我抬頭望向被白霧籠罩的山頂，感覺它似乎離我遙不可及。儘管離雪山主峰僅剩不到1公里的路程，但是我開始對自己是否能夠完登主峰產生懷疑。即便灰心，我們仍然繼續朝主峰方向緩步上移，突然間，我意識到自己可能已經到達身體極限。在離山頂還有一半路程之處，最終我對H說：「對不起，我到這裡就好，我想下山。」

由於決定折返，我沒有機會欣賞圈谷霧散後的壯麗景色，這讓我感到遺憾。但我明白在失溫狀態下，定點停留在高海拔時間過長是有風險的，因此只能速速離開這個冰河遺跡。

雨停了。來時的霧，回程在黑森林的小徑上漸漸散開。我們迎接了朝日的陽光和溫暖，祂們將我全身包圍，溫暖著我的每一寸肌膚，奇妙地將先前的寒冷完全驅散。我們不約而同停下腳步，無須言語，靜靜地在黑森林裡整整發呆了一小時。我打開寫生本，享受此時大自然賜予溫度變化的片刻，了悟我此行的大景不是站在山巔上向下俯瞰，而是站在參天森林裡向上仰視。站在陽光下，我感受到了溫暖的力量。此刻的雪山黑森林對我而言，陽光像是天上撒落的糖粉，整座森林好比是一塊澎湃軟綿可口的黑森林蛋糕。

在變化無常的大自然中，當我臣服於自己的軟弱和無知時，才能迎來真正的轉變與成長。改變來自於接受。我感激一同行走的夥伴H，她的支持很重要，她了解我在登山旅程中所面臨的不安與猶疑，用言語和行動溫暖了我的內心。回程我跟隨著她穩定有節奏的步伐，返回黑森林的來時路。H建議我脫去多餘的保暖衣物，只留下一件長袖排汗衣和風雨衣，繼續向前。漸漸地，我能感受到身體運動產生的熱能，由內而外逐漸烘乾衣物。排汗衣不再黏黏糊糊地貼在皮膚上，而是變得乾爽舒適，我的皮膚也不再冷硬，恢復了溫度和彈性。這種神奇的轉變讓我更加體驗到這層肉色的排汗衣（皮膚），是身體內建以維持和調節人體溫度的智慧功能。

黑森林 攝影／H

霧中的色彩學

霧圈裡的谷 有白色的杜鵑花
　像是一片清澈的夢境
我穿霧披雨前來卻折返而下
主峰 是一個遙不可及的願望?

收進眼底的風聲 虛擬真實
圈谷裡的風景如夢清晰
　凝視與幻象
通通放到心底去感受

或許有一天 霧會散去也不會
圈谷裡的風景需要閉眼抵達
那時我會輕輕地摘下一朵杜鵑
放在胸前 獻給你

不僅僅是霧裡看花
花朵裡的霧 有一切的可能可愛

霧裡的圈谷
攝影／H

在這片迷霧裡，每個人都可能成為那個選擇放棄的人，但同樣也都有可能成為那個再次挑戰勇敢的人。這段旅程讓我深刻明白了這一點。無論放棄與否，風景一直在。

步出黑森林，回想起因失溫迫離圈谷那冷冰冰的感覺到雨後天青的轉變，我不禁感到難以置信。在路上再次遇到凌晨一起摸黑上山的大哥，他登上了主峰並告知我們上面是一片白牆。同為摸早黑出發的旅人，甚是欣慰地分享自圈谷與大哥分開而行後，我們回程便停留在黑森林裡曬太陽。不料，大哥甚是訝異地說：「黑森林裡會有陽光？」

雪山黑森林擁有台灣海拔最高的冷杉純林，三千公尺以上的森林空氣稀薄透明，高聳的杉林下滿布松蘿和青苔；黑森林，顧名思義也是因林間茂密，霧氣繚繞陽光不易進入，而在山友間聞名。雖是如此，在林之間放慢腳步的我們，幸運地被灑落的陽光療癒了。隨後，在路徑上方的樹林還瞥見清晨雨後出來覓食的一對帝雉，雄鳥有著漂亮的黑色羽毛，上面閃爍著紫藍色的光芒，就像穿了一件華麗的禮服。我觀察了一陣子，雄鳥總是與雌鳥維持一定的距離，尾隨在雌鳥的後方，看起來像是為了保護牠一樣。後來我才知曉，帝雉原來有「霧中的王者」封號。

這座瞬息萬變的森林裡，原生與初生一直在進行著古老的光合作用，若是來去匆匆，大概會眼霧，什麼都看不見、聽不見。霧黑與白陽的雪山主東線，從我在雪山圈谷失溫，到返回來時路的黑森林中恢復體溫，看見陽光灑落樹冠的點點色溫，心中無比暖和。這是一條引領著我進入未知領域的路徑，帶領我經歷了視覺的奇觀和觸動心靈的一次山行。

迷霧中的風景，其實什麼都有呢！

長長的松蘿在霧中飄曳　攝影／林瑋萱

藏光森林

攝影／H

寫生誌

黑與白的雪山主東線，宛如一幅抽象畫作，將我帶入了一個充滿詩意的冒險世界。這一系列素描呈現我在雪山之旅的觀察和感受。透過簡化的線條和幾何形狀，我想表達樹幹與樹林之間連接生長的狀態以及大自然的壯麗力量。我感受到了強烈的對比，一邊是被白霧籠罩的高峰，散發出神祕而純淨的氛圍，另一邊則是黑暗而陰鬱的森林，充滿未知與挑戰。這之間的關係有一種迷人的視覺感，仿佛置身於兩種截然不同的維度。

雪山山徑的步行過程，沿途景色大部分時間都籠罩在濃霧裡，偶爾霧散開短暫露出了一幅壯闊的大景，如同神祕的面紗揭開，但隨即消散。這些景色猶如幻影，若隱若現，使整個雪山之旅更加迷人。我特別關注樹幹和樹林之間的線條，如：樹幹以傾斜的形態呈現優雅有力的姿態，還有光線照在樹幹上形成明暗對比，為我的筆帶來了日光的禮物。這些密集的樹幹線條呈現出動態的張力，樹林間交錯如迷宮般的枝條，是由無數個生長點找到生命的出口，在空間裡恣意舞動生長，纏繞的枝條強韌得有鬆有緊，甚是好看。

5/1日 下午4:00霧散開

七星山居 2023/05/17

11:48 Am

《雪山》，2023，素描紙、鉛筆、色鉛筆，15.4×10.8 公分 ×28 張

05.

一瞬一光——南湖大山

登入離線地圖
上稜線
沒入天空的海
你明亮的雙眼迎接我

我閉耳緩緩聽
山風樹石撼動的語言
若非億萬年前的約定
速寫本和松風不會相見

Hi 長鬃山羊
你的眼盡是世界的水平線
峭壁的邊緣阻止不了你那平衡的宇宙

不走常人走的路

Hi 水鹿

你的眼逐鹽而居
一點點誘惑嚇唬不了你
夜半如廁的旅人相遇得到

Hi 黃鼠狼

你的眼望穿協作渴慕零食
飛簷走壁看似小菜一碟
尾隨料理山人是你長項

Hi 黃喉貂

你的眼靈巧無辜
樹林間的一抹黃色閃電
aka 高山忍者

Hi 孤鷹
你的眼是我目不可及的彼岸
因為愛的旋律
我們都乘風而來
沿路拾起我的小眼睛們啊
無畏發亮
來自星星
光年限定

來自星星的構圖

我喜歡抬頭看星空，尤其是在山屋的夜晚和出發攻頂的凌晨。我約莫只認得出夜色中閃耀的金星，即便如此，星星們還是對我眨眼，像是久別重逢的那種問候。據說中國古籍《山海經》裡的神獸是從古人觀看星象圖裡躍出的，人們透過豐富的聯想，將天上的星星以點、線、面的方式勾勒出唯妙唯肖的形體，所建立的空間觀是一處神、獸、人各得其所的世界。這個觀星創造神獸的過程好比藝術創作工程，首先都是經由看（觀察）、想像（構圖）、進而到圖像（創作）。這也是登山行程裡最有意思的部分，一路上都有星星的陪伴，不論白天或夜晚，它們提供了無窮無盡的想像空間，讓我盡情地用眼睛與萬物交流。

山人和動物的眼眸加上堅硬的路，是我此行南湖大山的記憶點。

南湖大山，海拔 3752 公尺，為台灣五嶽[6]之一，山形壯麗魁梧且雄偉，素有帝

6. 南湖大山與玉山、雪山、秀姑巒山、北大武山合稱「五嶽」。

在南湖大山三角點遠眺中央尖山

攝影／H

王之山稱號。放眼望去，南湖大山被南湖東峰、南湖北山、南湖南峰、巴巴山、馬比杉山、審馬陣山等六座百岳環繞著，像是一場盛大的群峰聚會，為這片天空添上了獨一無二的風采。然而，這片充滿浪漫的冰河遺跡卻不是那麼容易到達，抵達圈谷前的五岩峰更是此行闖關的大魔王路段。

第一天清晨在勝光登山口起登。我們一行八人有默契地手拉手圍成一個圓，做了入山前的祈禱。對我來說，這個閉上眼的祈禱是我被捏手心的時刻。開口禱告的朋友因怕我閉眼會看不見（聽不見）禱告何時結束，故以捏對方手心作為祈禱完結的提示。入山的開始與結束都是這樣充滿觸感。山友們彼此圍繞的圈圈像是通上了電流般，當我雙手兩端傳來捏手心的按壓，如同啟動開關，代表祈禱完成，上路！

彎曲交錯的樹根拔地而起，彷彿從天而降的階梯，引領山人向上攀爬。地表以上，直線與曲線相互交織，像是波洛克（Jackson Pollock）的滴流繪畫，以身體的律動加上特製的畫筆描繪出這片神祕山脈的等高圖。土壤以下，則是一條條透明無窮盡的生命之線，支撐著大地的重量，牽引我們進入這條既古老又現代的百岳路線。隨著步伐穩定前行，我們進入8k之後赤香色的松風嶺，二葉松淡淡的松脂清香在山間瀰漫，身

審馬陣草原
攝影／林瑋萱

體瞬間放鬆，像是踏入五星級山林飯店，讓人立刻奔向那由細軟松針編織而成的大地牌彈簧床。柔和的陽光灑落林間，整個空間充滿了安定平衡，讓我們不自覺地放慢了步伐，細細品味這片松林的恩賜。

灰白的霧氣在不知不覺中湧現，有如伺機潛伏的鬼魅，從山腰間迅速滑下，無聲地催促我們繼續前進。穿越茂密的箭竹林，進入審馬陣草原，一片綠色的海洋隨即在眼前全景開展，廣闊的景色令人屏息，讓我們暫時忘記陡上的辛苦。隨著海拔的上升，路面變得更加陡峻，稜線上探出裸露的五個小山頭。我在腦海中以星圖來想像五岩峰，峰線和谷線相連成一隻巨大怪美的上古神獸蜷伏在路徑上，我行走在牠的背脊上，攀爬過後就可以將它收入口袋裡。甚幸，霧氣來得正是時候，白霧施展的魔法暫時遮蔽腳下的碎石和懸崖。我收起登山杖壓低身子，手腳並用拉著峭壁上輔助的鐵架與繩索，穿越曲折的窄徑。走過五岩峰，我漸漸習慣這座山的精彩地形，享受登山的刺激和樂趣。我帶著腦海中勾勒的霧中星圖，回望遠方的風景，飄來的霧，乍看是神，是獸，也是人。

凝視野蠻心靈

在南湖大山遇見豐富的動物生態，讓人倍感興奮，而與這裡的動物眼神交會，不總是透露出危險或是警告意味，意外的有一種山野的親密和溫暖。我猜測可能是這裡的動物見過的旅人比動物還多，以南湖圈谷山屋旁廁所滿溢的黃金來推敲，南湖大山應是每個攀登百岳的山友都想身臨其境的夢幻之地，而每季成群結隊的山友，除了看山之外，也對高山動物興味盎然。

在南湖主峰和南峰的岔路上，毛茸茸的山羊悠然淡定地在邊坡上享受著美味的草蔓，即便我們這些人類靠近，牠們僅抬頭瞥視，並未感到威脅，繼續埋首在青草間。山屋往水源地的草叢中，一隻有著茶棕色尖角的水鹿比山羊更為壯碩，警覺地注視著我們，彷佛是山間的守護者。在山屋和營地周圍現身的黃鼠狼，比我想像的更為淘氣近人，總是探頭探腦地穿梭在人群間，尋找那隱藏在草叢中的美味。黃喉貂，蓬鬆柔軟的身軀如同一抹黃色閃電閃耀在樹梢間，當我定睛凝視牠，牠也以大方且明亮的眼神回應，像是我們之間建立起了一種特別的默契。

我像隻山羊，站在上圈谷的邊坡上，幻想著擁有橫向瞳孔幾近全景的視野，滿足地飽覽南湖圈谷的美麗風光。遠方圈谷裡，一座紅色的三角形山屋和幾頂橘色的帳篷，與綠色草地形成鮮明的對比，這是人類在高山上留下的痕跡，與這片原始的自然產生了一種張力和衝突。我覺得很驚奇，這裡竟然有這麼多人來探訪，他們和我一樣，都為南湖群山的美景入迷。凹陷的圈谷地形和布滿各種顏色的碎石坡，從灰白到紅褐漸層，與周圍的高山植物形成圈谷標配色。晴朗的時候，陽光透過雲霧灑在碎石坡上，

左：長鬃山羊／中：黃喉貂／右：圈谷神獸——水鹿

攝影／林瑋萱

山形的輪廓，因日出的光而更加立體

攝影／林瑋萱

投下陰影，營造出有趣的光影效果。雲霧飄渺的時候，遠處藏青色的山峰沉靜的若隱若現，分分秒秒變化莫測。我沉醉於這片山野的夢幻景色與動物們交換的眼神心靈，彷彿再次進入上古時期冰河刻畫的夢境。

「那些爬上山頂的人，一半是愛著自己，一半是愛上自我消弭。」[7]

——羅伯特．麥克法倫

我們在月光下前進，盼在黎明前登頂。

月亮像一個銀色的盤子，它的光芒照亮了整個山谷，那柔和的光暈如同大地之母般的慈祥。登頂前，我們奮力地在南湖主峰下岩塊邊穩住氣息，抬頭斜望著無邊際的巨石坡塊，它像放大版波蘿麵包上格狀的脆皮，矗立在三千多公尺的高空，只是質地堅硬冰冷且刮手。這裡的岩石是冰河運動的見證物，有些巨大的有如一棟屋子。我們像壁虎爬牆般，全身緊貼在岩壁上攀爬，感受堅硬岩石的凹凸與平滑。在攀爬的過程中，我的雙手雙腳莫名地充滿信心，靈巧地尋找穩固的踩點和平衡感。呼吸跟隨著上下坡的地形變化交替，心跳也隨著跨越岩體落差和攀登的節奏而起伏。手臂的肌肉在抓住岩石時繃緊，背部的韌帶在曲折伸展中拉伸，這些身體的感覺讓我專注且享受當下。

山，如何能夠全然「迷住」一個人呢？

當我前進到岩壁上方的平地時，向下俯視深邃遼闊的圈谷，而另一頭悄然日出的大景震撼登場。四周寂靜無聲，唯有高山清新的空氣伴隨著我。小小的橘紅色太陽在天際緩緩升起，日光逐漸瀰漫開，天空隨之變成一幅魔幻的畫卷。如詩如畫的橘紅星辰穿梭在寧靜的天際，勾勒出一幅極富詩意的場景。在這一刻，我勞累的身體和清澈的靈魂完美交融，愛與湮滅的旋律同時響起，夜與日重疊。漸漸清晰的天空映照著南湖大山的每寸山脈，每一道深邃的褶皺彷彿是山神的指紋，顯明祂在人間漫長的地質年歲。

站在主峰之巔，被群山包圍；東峰、西峰和北峰相映成趣，遠處的玉山和中央山脈也在霞光中隱約顯現。我們歡呼著，沉浸在陽光灑落山巔的美麗光影裡。

---

7. 羅伯特・麥克法倫（ROBERT MACFARLANE）著，林建興譯，《心向群山》，新北市：大家出版，2022，p.212。

大如主峰，小如苔蘚，都是這座山吸引人的地方。

山，如同自身的變遷，是一個充滿變化的存在，隨著時間、季節、氣候、觀念等多重因素，呈現出千變萬化的景致。如同個人的成長歷程，我們也會因環境、經歷、人際、心境等多方面的影響，改變我們的想法、行為、態度和表情，使自己變得更豐富多元。山之所以迷人，並非人為賦予的意義，而是在攀爬山的過程中，感受到荒野自然和原始的力量，是一種震撼心靈、振奮精神的體驗。山對我而言，不僅是地理形態，更是一位擁有靈魂的山神，賦予我啟發和力量。它既非真實，亦非虛幻，是內在風景與外在風景交匯所產生的山。

冒險的足跡

攝影／林瑋萱

南湖山屋

攝影／林瑋萱

如鷹展翅

南湖此行按計畫攀登七座百岳，但有部分隊員在第四天的登山旅程中，因身體不適而選擇不登頂，放棄其餘群峰的挑戰，留在山屋休息。我們前一晚睡前交頭接耳地討論，在山屋昏暗光源下輔以眼神交換情資，有共識地拆隊重組為早起攻百和睡到飽山屋放空兩小隊。而我傾向後者，因為能在圈谷放空一天是珍貴且奢侈的行程。待在山屋納涼的放空部隊，看著其他登山者早早啟程，握仗朝向各個山頭出發。不登頂的好處就是擁有不必趕路的悠閒和放慢的時間，我們得以有充足的工夫整理背包，在圈谷中悠哉。

我隨身小包中常攜帶的紙和筆在此刻罷工。我沒有想要寫生，只想讓雙手空著，穿著拖鞋，在谷地隨心而行。大概只想讓身體與雙腳親密接觸這片圈谷吧，南湖圈谷成了我登山行程裡最長時間停留的地方。下山路上，我在審馬陣草原看見一隻黑隼在蔚藍的天空中翱翔，煤渣黑的羽毛下秀出亮眼的白線條。在高山遇到隼實屬幸運，我觀察其飛行路線，飛得自在輕盈的牠彷彿展現了在山林中的自由之心。向山的「心」

是這場與山同在的旅程，是知識、觀念、態度的總和，需要與時俱進，慢慢積累。唯有這樣的心，才能與山融為一體，與大自然和諧相處。

南湖大山，宛如一場奇幻的冒險，讓心靈在山巔上翱翔。我懷抱著像鷹一樣優雅飛翔的心，在速寫本上描繪出無與倫比的美麗弧線。

寫生誌

回程路上，我一邊走在小徑上，一邊用簽字筆速繪眼前的景色。曲線與直線的對比，顯示自然的節奏和力量。山的輪廓，是一道道柔和而優雅的曲線，隨著陽光和雲霧的變化，呈現出不同的色彩和氣氛。天空的邊緣是一條條筆直而清晰的直線，切割出一片片碧藍和雪白，象徵著堅定而明確的理想和方向。我的心也是如此，有時候，我是曲線，順應著山的起伏，適應著環境，展現出彈性和寬容的品格。有時候，我是直線，追隨著天的指引，堅持著意念，表現出果斷和勇敢的氣概。曲線與直線並不矛盾，而是互補。曲線讓我更加柔軟，直線讓我更加堅強。

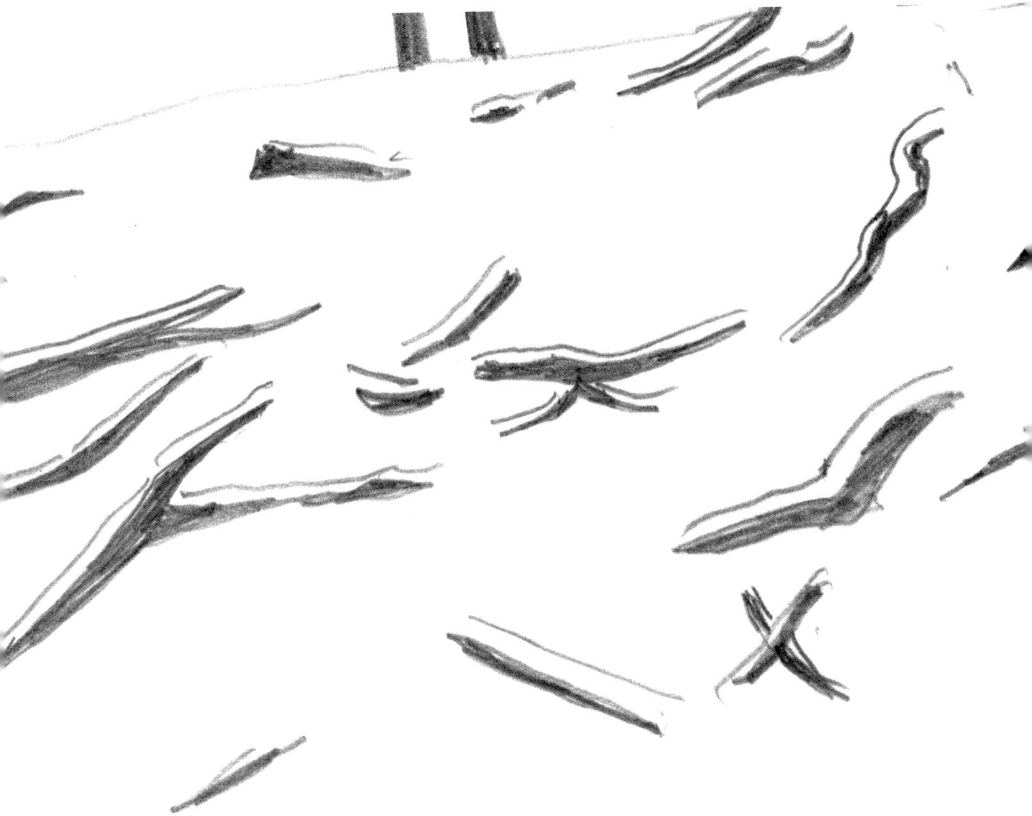

《松風嶺的樹根 -2》，2023，素描紙、鉛筆 15.4×10.8 公分

《審馬陣草原》，2023，素描紙、鉛筆，15.4×10.8 公分

《南湖圈谷》，2023，素描紙、鉛筆，15.4×10.8 公分

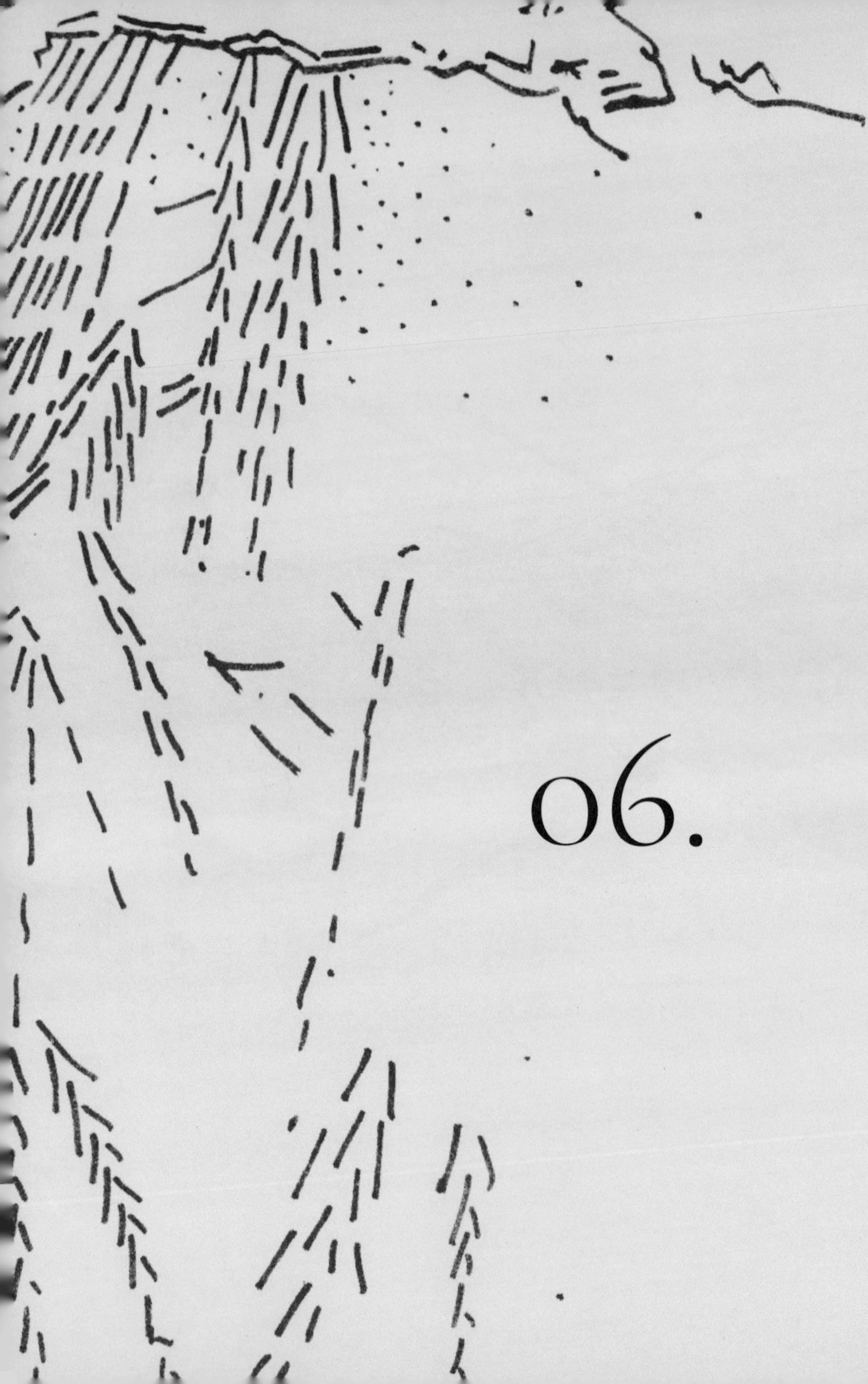

06.

倒三角形的瀑布——
能高越嶺

立夏，前往高海拔的深處，尋找一塊令人感到涼爽的林地，把煩悶的情緒直接丟進天然的冰箱裡冰鎮。這樣的溫度剛剛好，在下山的時候就會感到神清氣爽，只消上山前，帶上刷毛中層衣和厚襪子即可。

我是個坐車繞山路途中隨時會下車嘔吐的人，連口裡趕緊含一顆酸梅，也無法抑止我的平衡系統。起登的這天早晨，我們從南投縣仁愛鄉的馬蘭民宿搭接駁車往屯原登山口，開啟三天二夜的能高越嶺道西段之旅。這條山路彎來彎去、崎嶇不平，坐在車上感到顛簸得很厲害，車窗上映照出臉色蒼白的自己，胃酸開始在體內翻滾，身體逐漸崩潰，下意識知道自己要暈車了。靠著意志力撐到登山口，眼睛早已失焦，擔憂無法走完全程，當下用念力告訴自己的身體得趕快好起來才行。還好這條路平緩親切，又有樹蔭遮蔽，包容著我，耐心等我調整好呼吸的節奏。

起步沒多久，遠遠地就看見蔚藍天空的上方有一道缺口。定睛一看，這道裂縫原來是水管破洞啊。若天空是一塊巨型畫布，破裂的這道缺口就仿若阿根廷藝術家封塔納(Lucio Fontana)在一九六〇年代創作的空間系列作品，於畫布上強而有力的劃破一刀，視覺震撼的同時打破傳統畫布以透視建構出的深度。這種看似破壞的力量又建造出另一空間，存在著一種有機生長的不規則性，我覺得很有意思。天空中這一大片綿長飛舞的白色水花，對我來說，好比即興彈奏出的歡快旋律，有如幻想曲再加上詼諧曲的變化曲。這意外卻俏皮的打招呼方式，讓人發出會心的微笑，身體的不適很快地被水花一掃而空，平衡感一下子回來了，大自然果真是我的處方箋。

途經10K壯觀的大崩壁，經太陽照射下，層疊褶皺的板岩被折射得熠熠生輝，形成了大片銀白色的反光面。一閃一閃的連續動作，造成視覺暫留的影像成一白一黑的畫面，頓時讓人看不清楚腳下的路。

這趟旅途中的另一道富含水氣的白色風景，因著高海拔，帶著點銀白色的調子。這道銀白色的風景位於能高越嶺古道西段13K近天池山莊的路上，它是「能高瀑布」，又稱「三疊瀑布」。我在天池山莊下山回程時，經過吊橋，看見三層樓高且十分壯觀的瀑布，想近距離瞧瞧，於是和山友們在吊橋旁的小腹地卸下重裝，一身輕盈地從旁邊的小徑溜下去，感受瀑布水流奔騰的氣勢，沒想到一待就好幾十分鐘。

我在瀑布下方的大石頭與小石頭之間跳躍，尋找最靠近瀑布水潭旁的一顆石頭坐

熠熠生輝的板岩 -1
攝影／H

水花幻想詼諧曲
攝影／林瑋萱

能高瀑布旁寫生
攝影／黃馨鈺

熠熠生輝的板岩 -2
攝影／H

下。即使關上了助聽器，眼睛仍可以聽見水流強力撞擊岩壁和衝落水面的聲音。這一池千歲綠的水潭彷彿化為我的天然揚聲器。

我把雙眼與耳朵暫時交給瀑布，
在這高海拔環繞音頻的包覆下，
身體慢慢地放鬆。

我安靜地坐在石頭上，盯著瀑布，覺得瀑布不好畫。正尋思如何構圖時，水流聲引領著我飛越上空並將我帶進瀑布裡，瞥見大量且充沛的水花向下墜落的模樣，有點夢幻，透著沁涼。

忽然間，在這片混沌完好的風景裡，眼前像是加上了一層濾鏡，濾掉了時間與空間，我看見了線條與方向這兩個元素。我如獲至寶的從胸前小包裡抽出速寫本和黑色簽字筆，將速寫本轉成直式，順行紙張纖維分布的走向，以密集的線由上而下勾勒出瀑布的開口，下方疏散的線條呈現出倒三角的形狀。最後，灑上點睛如芝麻般大小噴落的水花，讓整個畫面呈現動態的感覺。

我喜歡這些素描帶來感官聯覺的想像，不只是聲音的視覺化，而是有一種內在的觸動，那個暫停的瞬間讓我看見不一樣動態的瀑布。這非常接近我想要的簡單，藉由幾何線條和內心的脈搏去描繪我所看見的風景。

能高瀑布下方的水潭　攝影／H

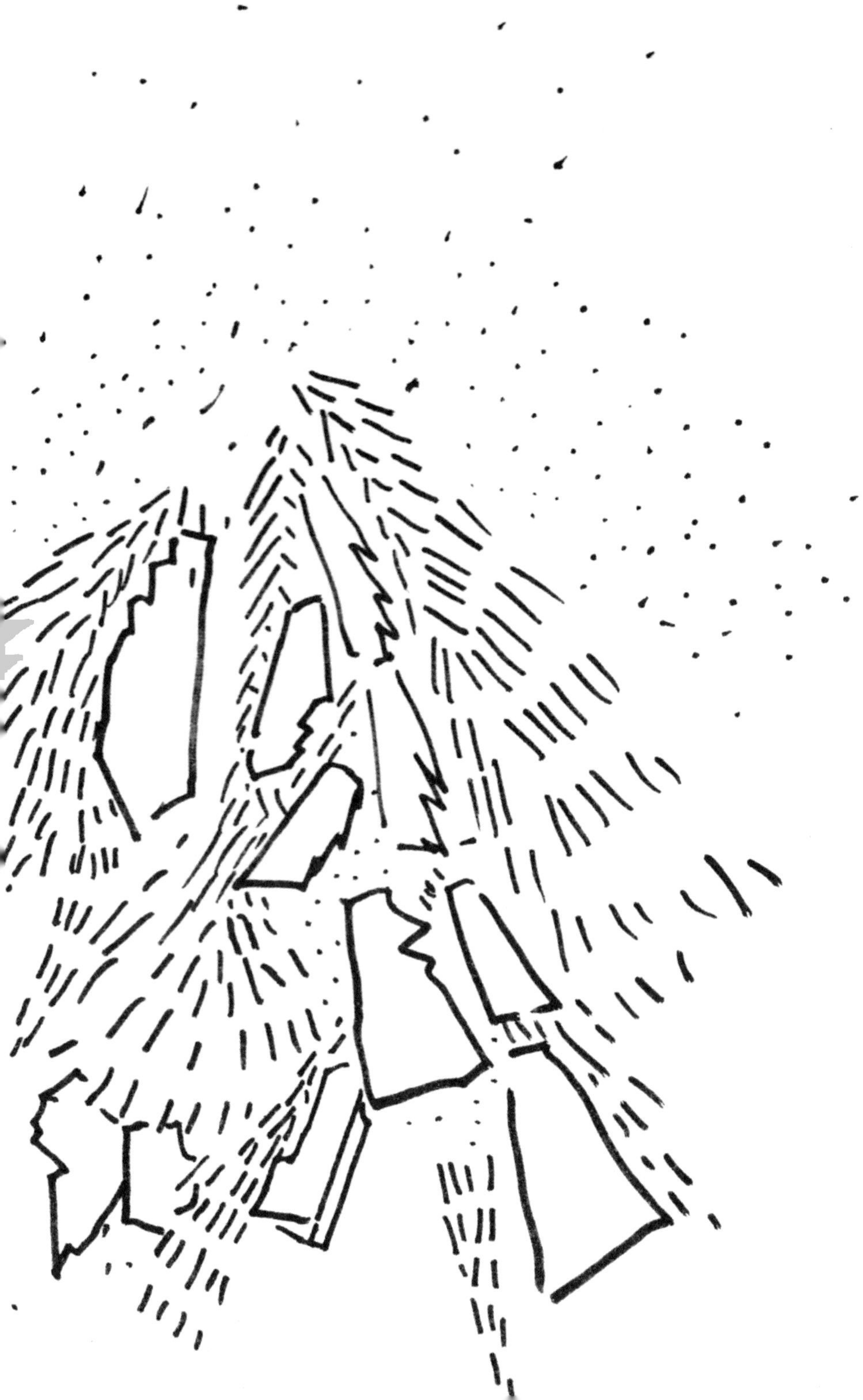

《倒三角形的瀑布》，2020，100% 再生紙、簽字筆，16.2×22.5 公分

07.

電塔之眼——

能高越嶺道以西，線性縱橫的古道

微暗的清晨，在天池山莊的走廊上，吃了一頓熱呼呼的早餐，全身很快地被暖醒。揹起輕裝、戴上頭燈，和山友們排成行列一路陡上前往奇萊南峰看日出。起初，周圍的景物在黑夜裡彷彿被隱藏起來，什麼也看不見，除了聽不見之外，自己也像是個盲人一樣，更不知道這條小徑上的何處會出現坑洞和顛簸，不論爬升或下降，只能依賴頭燈的光束前進。不管夜有多黑，天上的繁星、山裡的樹精和尚未退下的月光，都比地表上更加明亮，靜謐地伴隨著我們。直到我站在山腰的缺口時，一抹橘色日出的光在我背後暈開，山友們剛好走在我前面，拍了張照片，才知道原來他們所看見的，是我的黑影與一整排日出的風景疊合，如鬼魅般的美麗。高山上，可以看見很多不同的藍色調，而這介於迷幻粉紫色和朦朧藍色調之間的色光，正是日出獨有的魔幻時刻。相較於獨攀，同行山友的難得可貴之處，在於以背影與距離為彼此見證高山的美麗與浪漫。

幽暗天色隨著時間的推進也一點一點地添加了色粉，橘色、灰藍色和黃色，三種顏色漸層疊加，看著天空直到融入澄藍色的顏料裡，覺得自己也快要起飛了。視野從草堆裡移出，切換到豁然開朗的矮箭竹林帶，我的目光開始跟隨前景的山型輪廓線。目不轉睛看著廣闊無垠的山嶺，怎麼也看不完，在草徑上走走停停，忘了時間。我想，日光烘托下的這片黃金草原是整趟旅途最閃耀的時刻吧！

奇萊南峰的三角點展望很好，一片平坦可愛，遠望視野遼闊，走起來非常舒服，甚至可以穿梭在矮箭竹林中跑來跑去，像是迷你版的歐式花園迷宮。我喜歡一個人待在山頂上，被蔥鬱的高峰環繞，窩在箭竹林的草堆裡望著前方發呆許久，然後寫生。高海拔稀薄又清澈的空氣，讓山的輪廓變得清晰和立體，我在紙上從容地畫出風景的線條，如同山給我的自在般一樣。沒有人工建築物，只有群山、野草和天空。只有我的畫。

在山頂上被曬得暖烘烘，心滿意足的下山。在山中的制高點上，遠遠地看見下方有一塊凹地在發光，是湖水，賦予了我眼睛新的深度，是新的世界。等到我們經過奇萊明池時，看上去變小了，有一層淺淺橄欖綠的湖水，從湖邊緣延伸出一塊一塊的小青苔。也許在幾萬年後，青苔變成大山了。

《山之生》的作者娜恩・雪柏德說：「對山的生命體察越深，對自己也就瞭解得越深。」期許自己內心的寬度像大山一樣。

奇萊大草原　攝影／林瑋萱

漫步在奇萊　攝影／H

午後，山友們從南華山下光被八表，旋即返回帳篷裡休息。從光被八表往天池山莊的路程僅2.7公里，但沿途的林相比想像中充滿驚奇。一整群高聳的樹幹，幾乎要接近天空的表層，7比3的視覺張力，讓人感受到樹枝的頑固，持續往上伸長，企圖要穿越天空，與雲朵合而為一。白雲滾作一團團的棉絮，整整齊齊地排列著，宛如舞台的背景。每棵樹幹像舞者一樣，展現不同的姿勢，看起來像是樹舞足蹈般，精彩得令人目不暇給。在我左邊的景色是上揚生長的箭竹林和群山，右邊則是垂直陡下的層層疊疊山谷，天高地闊的景觀一下子拉開了我的視野，讓我興奮地如上騰的鷹，不費力地翱翔在這片天際。

我獨自留在這條小徑上漫步，隨意地坐在路旁的小草地上吹著風，還有一片白色雲海陪我寫生，好不愜意！原來一個人在高山也很快樂，不用趕路，隨時停下步伐，拿起紙筆速寫的感覺真好。山友總說，下山時的負重會比上山時減輕很多，但對我來說，這趟山行，沿途紙張上承載的寥寥幾筆，遠勝於背包內實質的重量。

能高越嶺道上設置的電塔在一九五〇年代初期是台灣當時海拔最高的電塔，位於南華山下到鞍部的「光被八表」紀念碑，是為了紀念這條台電舊時東西輸電的線

木造的天池山莊融入高山裡，毫無違和感

攝影／林瑋萱

路。因這段歷史，能高越嶺道上有許多退役的電塔和電線竿，鋼造結構的電塔沿著地表高低起伏的矗立在高山上，我不禁聯想起宮崎駿《天空之城》裡塵封的機器人，直頂著藍天白雲，俯視著草原上的點點。它們都是當時最新的科技，而後在時間洪流裡，伴隨它們的盡是高海拔無憂無慮綿延的天與地。

大自然與金屬結合的畫面令人震懾，強烈的對比感成就了另類風景。

高原、電塔和身長近2尺的玉山當歸幾乎要淹沒了我，讓我興奮的無法好好呼吸。我站在南華山腳下與光被八表紀念碑上的中間，仰望著電塔時，回頭才發現我的右手早已握好了筆在天空中揮舞，似乎正等著我打開寫生本。未思索太久就下筆簡單畫出高原的線條，電塔太遠看不出細部的樣子，以一對交叉線組成的符號和直線畫出電塔的形狀，再安排位置的遠近。

當回神的時候才發現自己已經畫好了，心情如高原一樣的開闊起來。回程時，走路輕飄飄的，續畫了幾張小徑旁的花花草草。

前往光被八表的路上
攝影／黃馨鈺

左：水晶蘭／中：沿途鮮豔的菇菇／右：果實的細部
攝影／林瑋萱

左、中：放大鏡下的小世界／右：高大的玉山當歸

攝影／林瑋萱

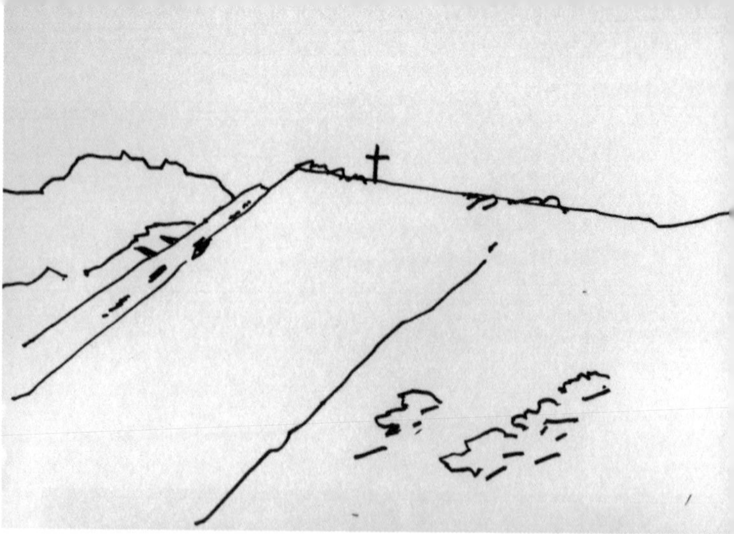

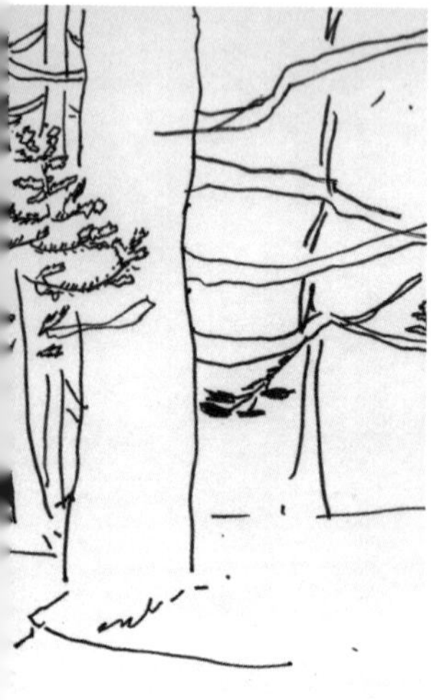

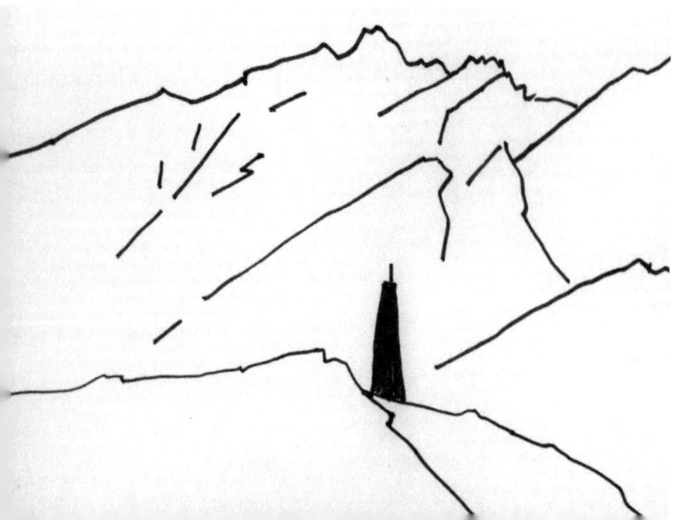

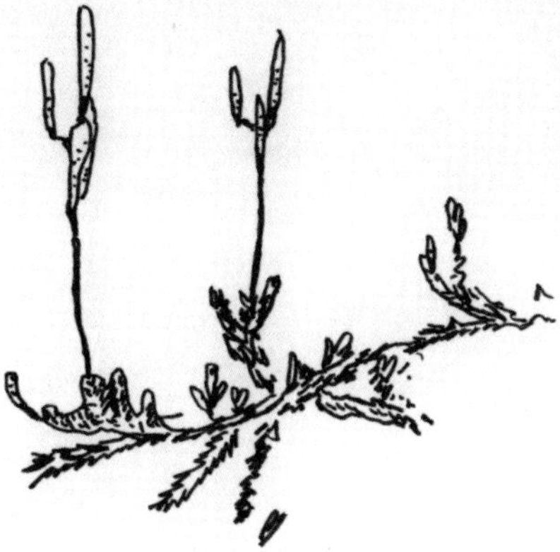

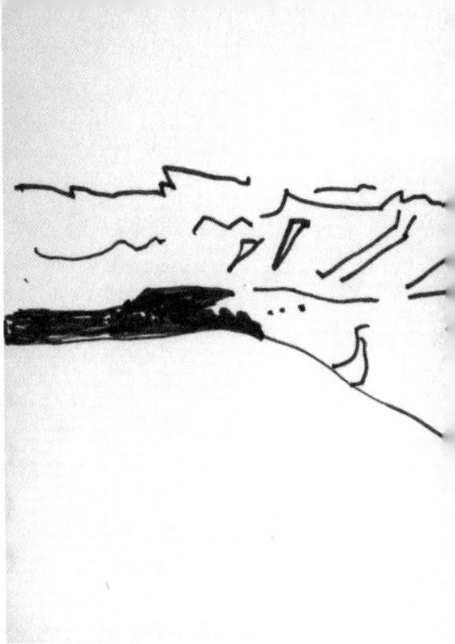

2020/07/10-12 奇萊南華

7/11 6:20 攻頂奇萊南峰 3358 M

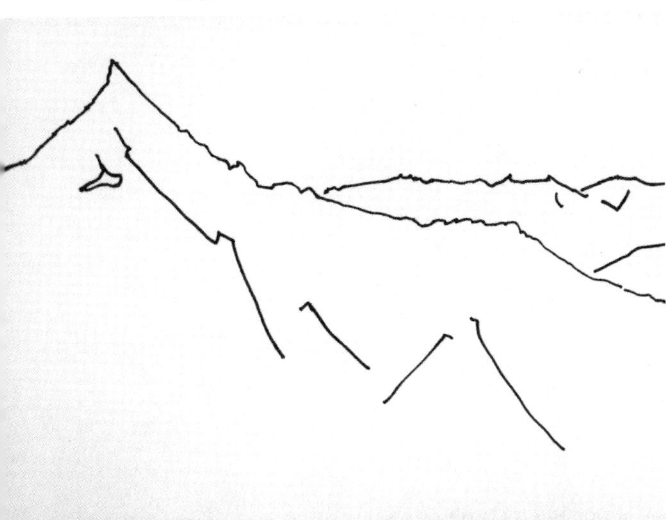

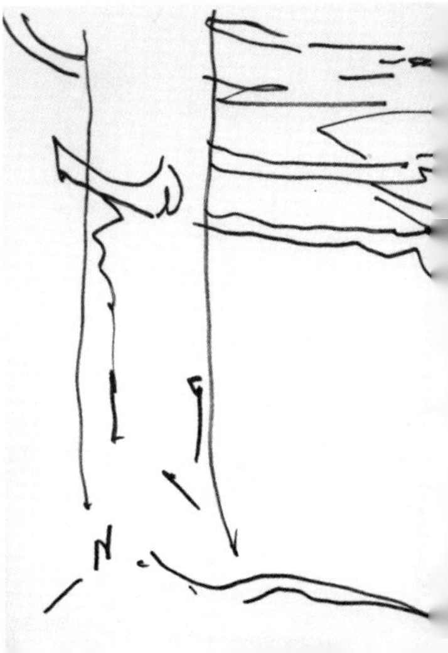

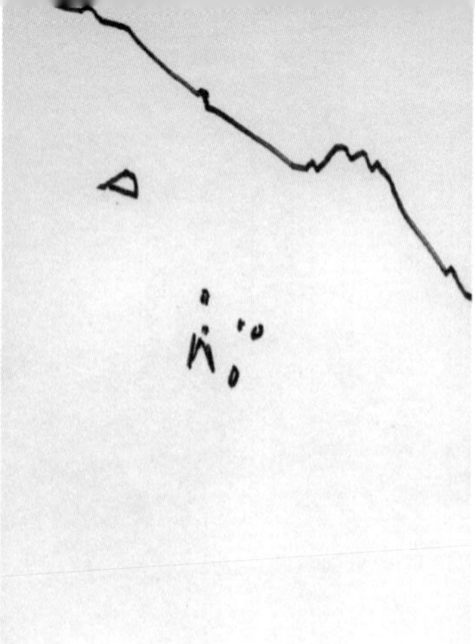

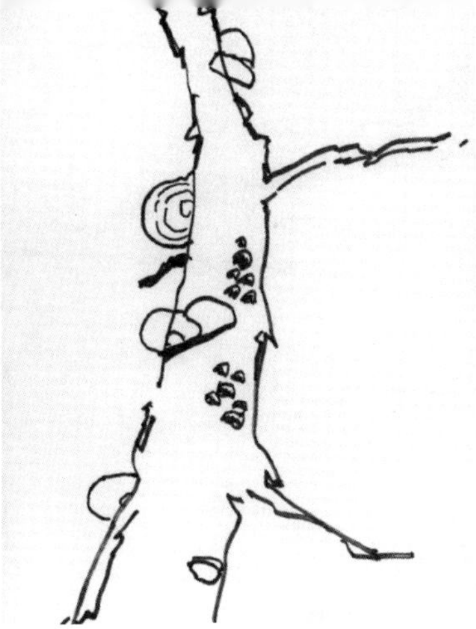

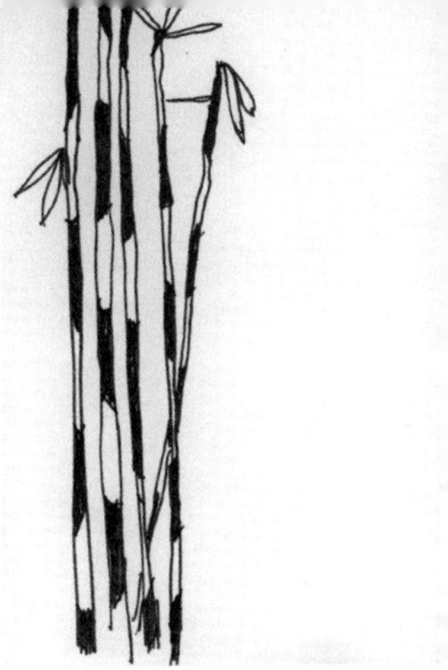

1914年
2360公尺
返
2020/7/12
中午
12:30
雲海保線所

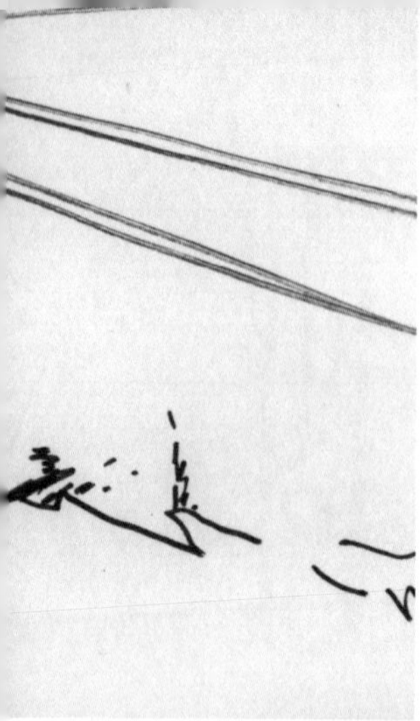

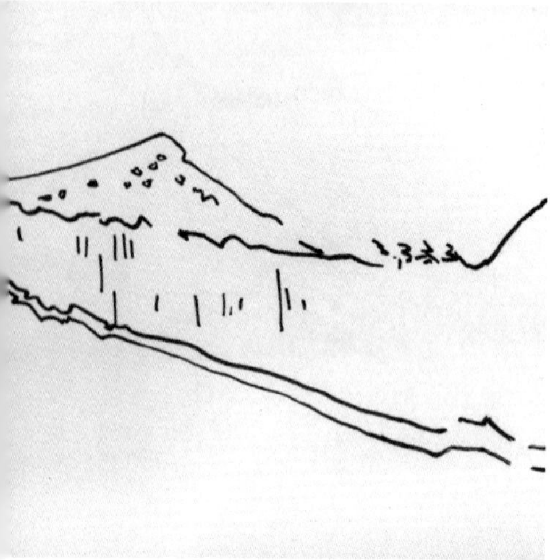
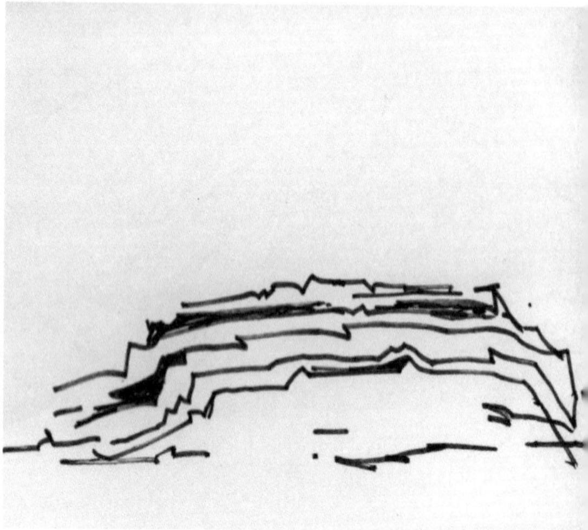
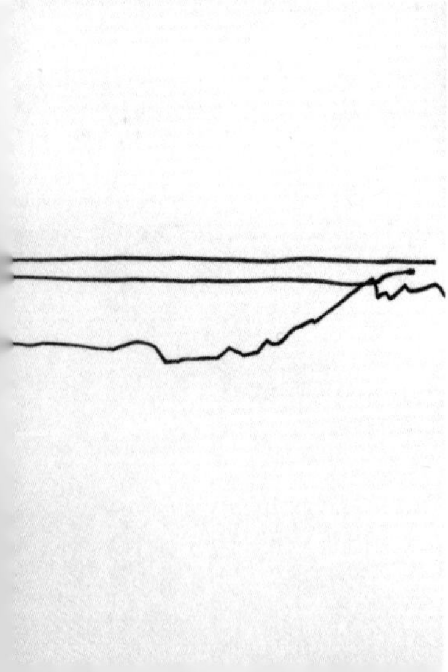
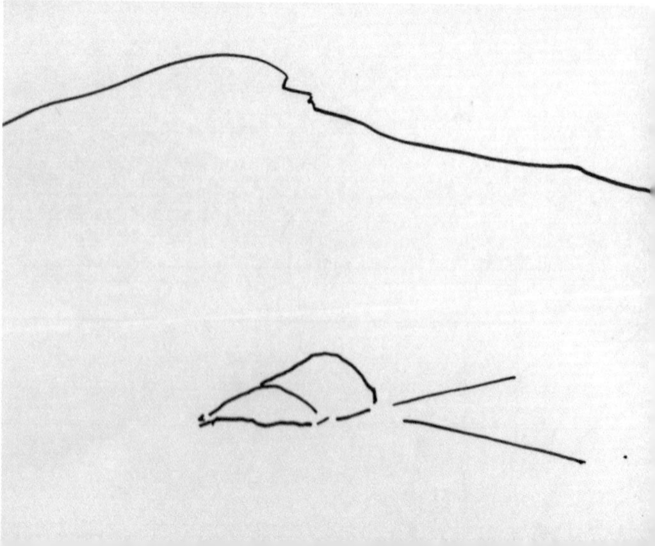

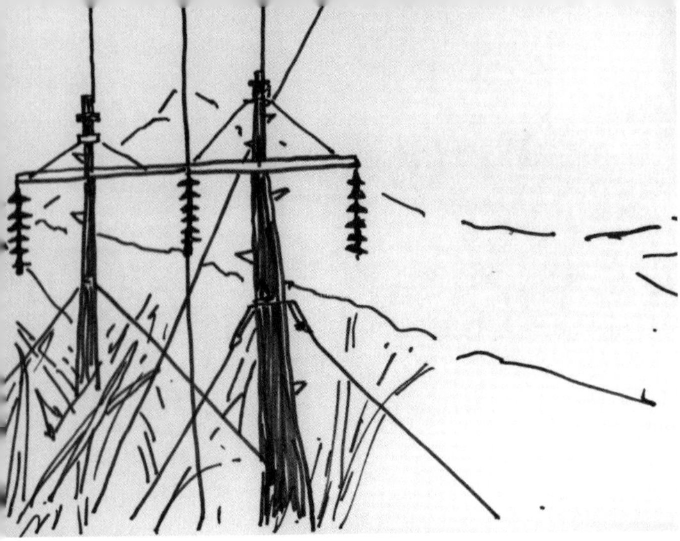

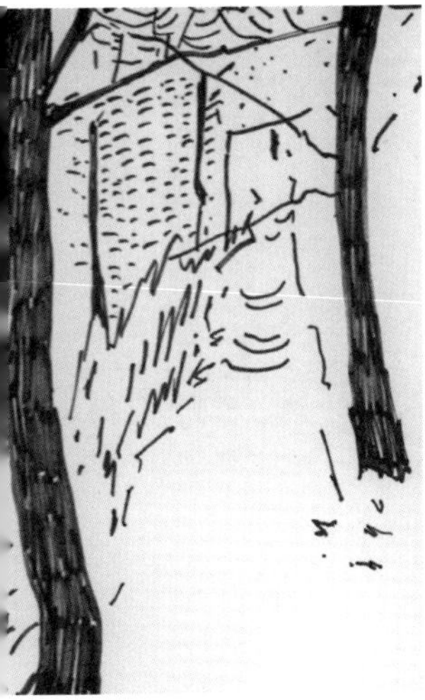
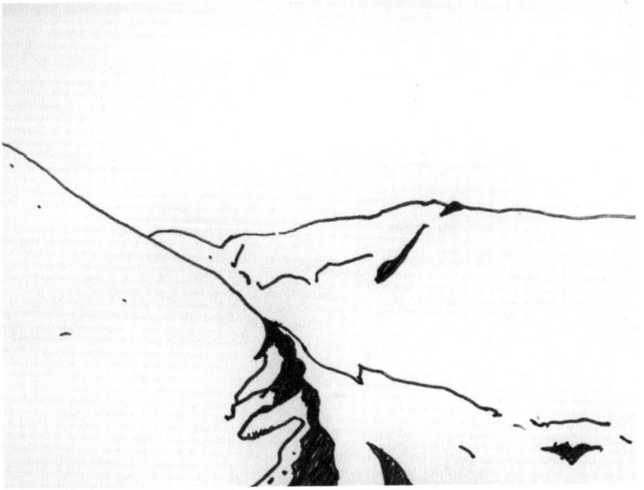

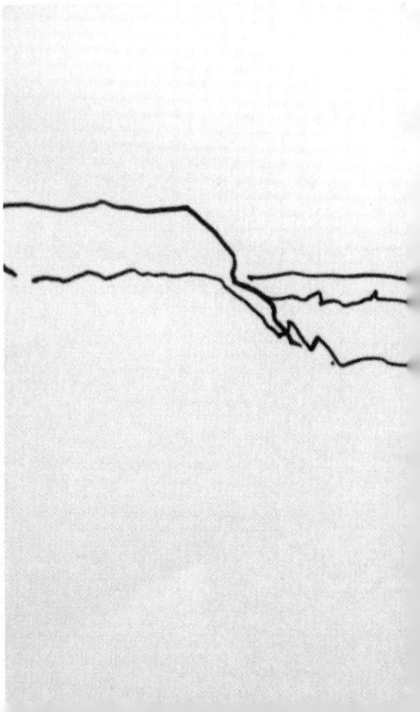

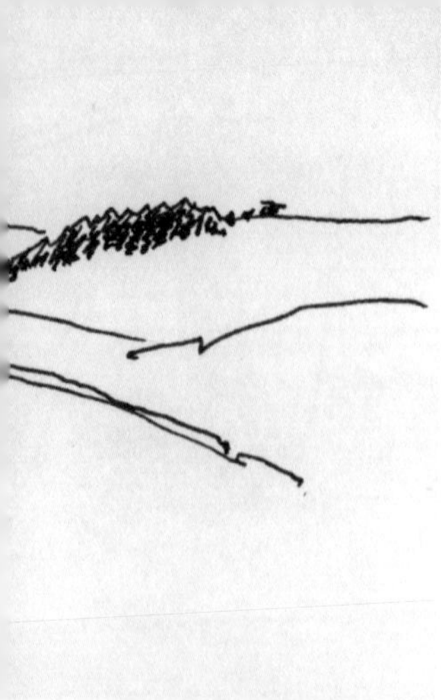

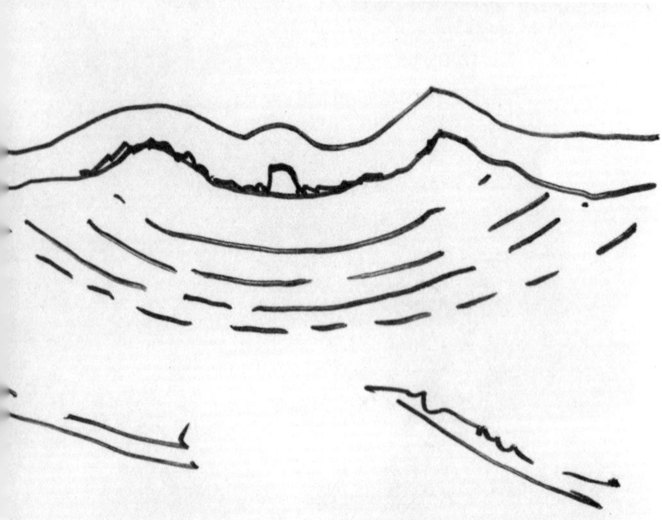
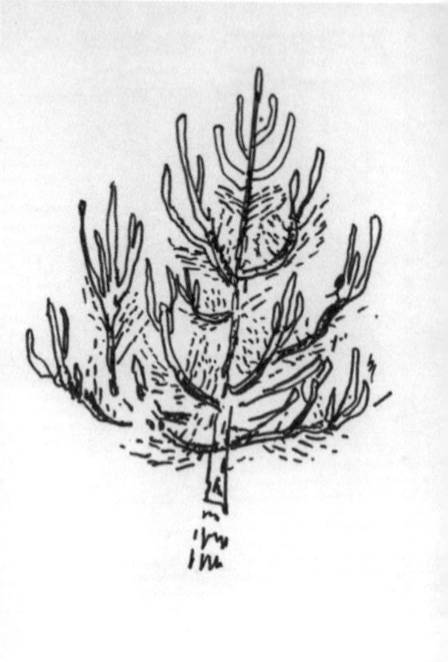
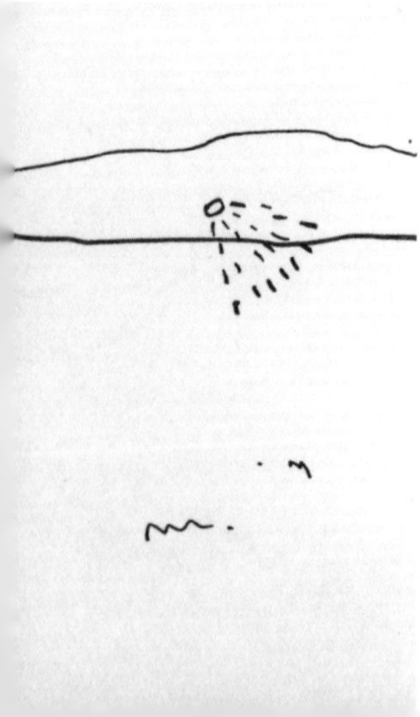
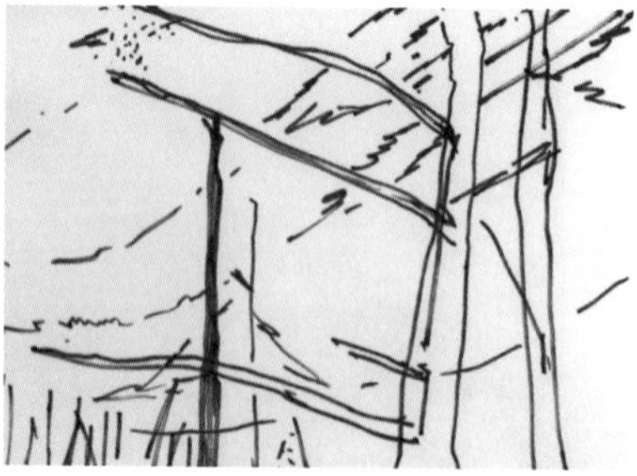

《電塔之眼》，2020，
100% 再生紙、簽字筆，
16.2×22.5 公分

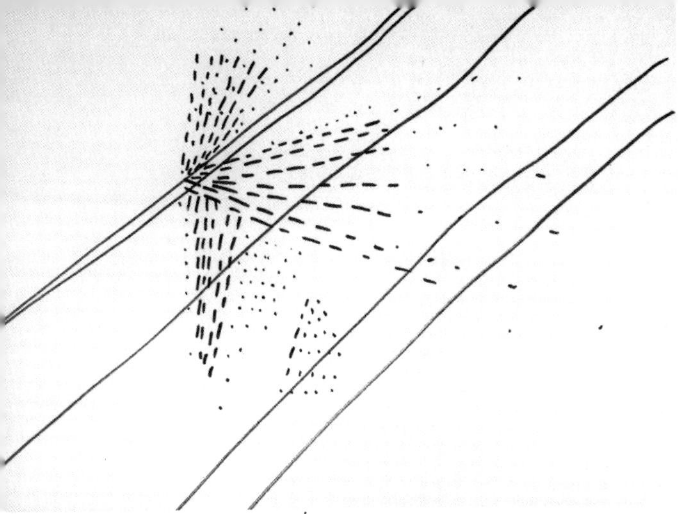
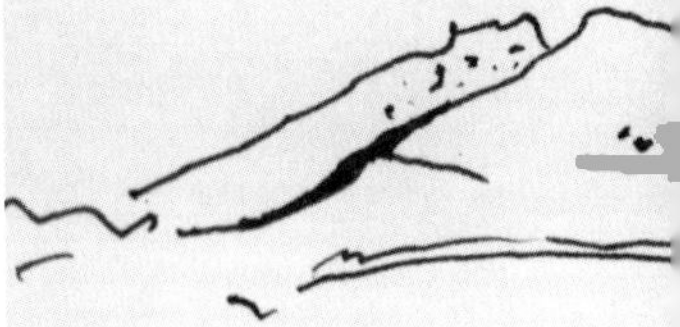

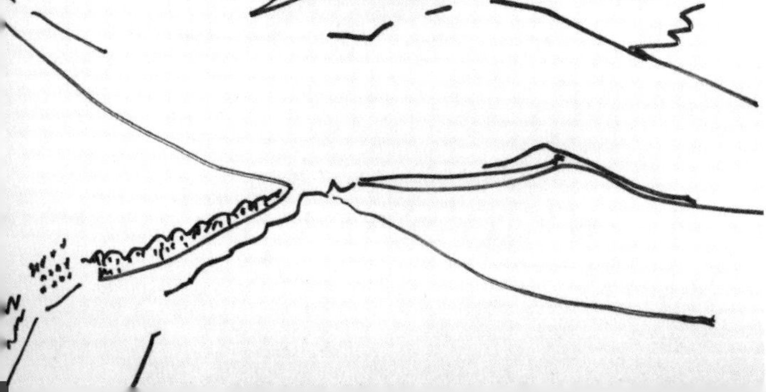

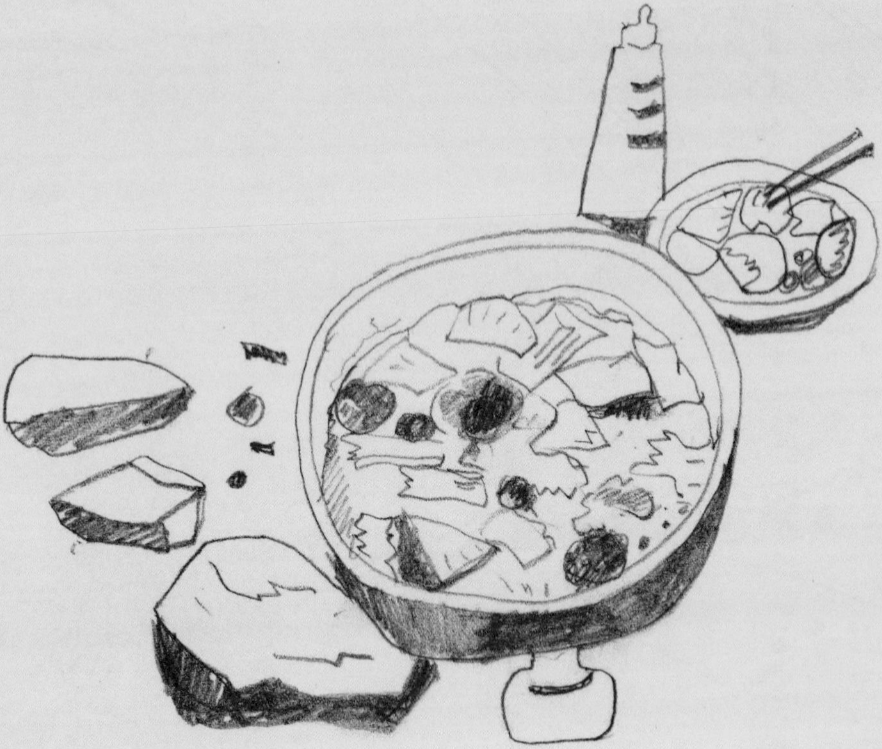

08.

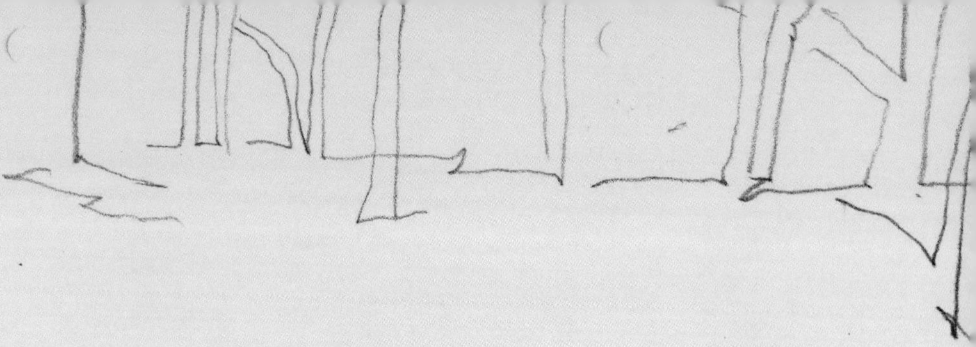

白鹿見──霞喀羅古道上的十字架

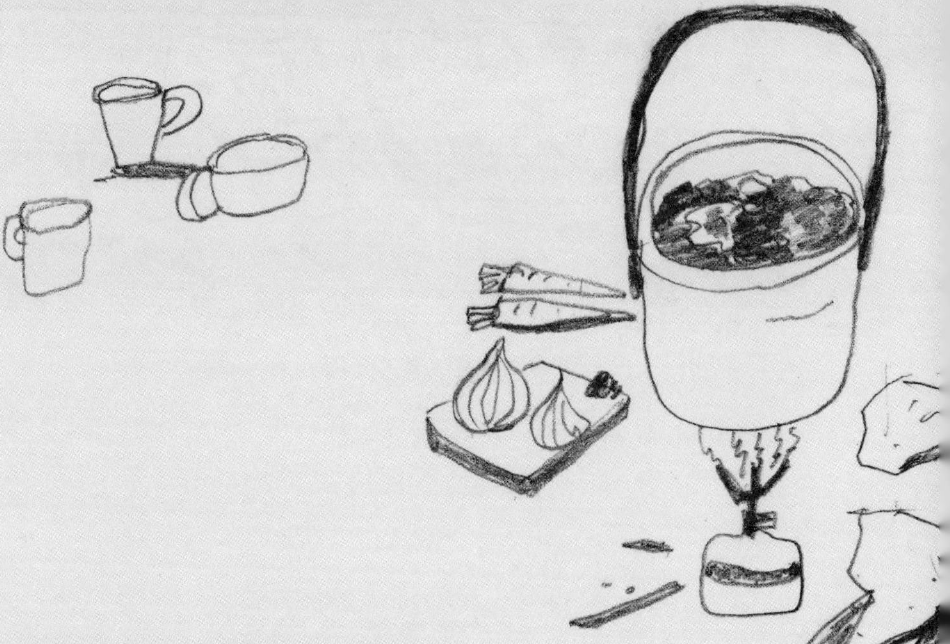

《霞喀羅的晚餐》，2020，繪圖紙、鉛筆，19×15 公分

「什麼東西是世界上最好吃的食物？」

這個答案是山友們一致認同的，那就是在山裡享用的美食。不管吃什麼，只要是在山裡吃上一碗熱騰騰的料理就是世界上最好吃的東西。其實世界上有太多好吃的東西，但過不惑之年後的我開始覺得重要的是你在哪裡吃了什麼，或和哪些人一起吃了什麼。在山上吃飯就是有這種魔幻不寫實的浪漫。雖然如此，每逢爬山加野營這種五星級的行程出現時，我還是會打開我的登山料理參考書汲取食物的靈感。由日本漫畫家信濃川日出雄創作的《山與食欲與我》，書裡華麗又生動的登山料理餐看得我口水直流。在山裡使用有限的烹調工具，然後變出充滿創意的料理，與在家裡廚房甩鍋的感覺不一樣，這種野炊完全就是爬山的動力啊。

緊接而來的山友群組裡的話題就會是：「你用什麼牌的登山爐頭？」、「什麼食材可以放很久？」、「要煮什麼樣的料理？」、「我們五個人要煮多少公升的湯？」等等這些對話。以往的經驗大都是走當天來回的郊山，食物以方便的行動糧為主，即便中午開火也是簡單煮個泡麵來填飽肚子而已，但野營相對來說會有更多的時間待在山上慢活，可以在山上做很多事的這個想法就有別於一日山的行程了，於是我們便規劃動身前往兩天一夜的霞喀羅古道。這次山之行除了有固定的山友們一起，還多了一位新朋友張醫生。聽說張醫生是登山前輩，常在看完一整天的門診後，下班開車殺去登山口，喜歡自己搭帳篷不喜歡睡山屋，而且爬百岳紮營時特別喜歡睡在稜線上以迎接早晨的大景，如此爽快鮮明的性格，此行真是讓人滿懷期待。

霞喀羅古道全長約有22公里，有兩處登山口可進出，我們選擇從新竹縣五峰鄉的石鹿登山口進入霞喀羅國家步道，預計在古道中段的白石駐在所紮營夜宿，最後再從新竹縣尖石鄉的養老步道出來。由於這條步道遙遠，是屬於A點進B點出的路線，我們安排接駁車於第一天早上在石鹿登山口放我們進入，第二天下午再到養老登山口來接我們。第一天進入的石鹿部落海拔高度約1247~1900公尺，因山區早期遍布烏心石樹，泰雅族語以「Skaru」稱之，該樹的心材顏色較深且堅固耐用，經常被拿來作為砧板的材料，泰雅族也因而被形容為「強悍勇猛之人」。走在石鹿部落的古道上，也祈願我們在此獲得足夠的勇氣與自由，能夠抗衡外在世界的紛擾。

此次行程安排讓第一次背重裝、在戶外夜宿的我，感到異常興奮又期待，出發前已不時幻想夜晚的森林究竟會是什麼模樣。走在石鹿登山口的一小段棧道時，微風剛

發現有這朵有鑰匙孔洞造型的菇，我拿出身上的鑰匙來比對，像是擁有一把霞喀羅專屬的鑰匙，帶我進入祕密時光的隧道

攝影／林瑋萱

好吹來，高大細長的柳杉林在我們頭頂上微微地搖擺，光影交織葉形，像是在歡迎我們的到來。遇上正值初春換季之時，樹冠上抽著新嫩芽，而小徑也承接了褪下的落葉，一路鋪滿著蓬鬆柔軟。我迎著春風輕輕漫步，即使穿著黃金大底的登山鞋也會被溫柔的土地承接住，真是自由暢快、無拘無束。春天的畫筆還把大地和天空畫滿了許多顏色，太楊橘橙橙、天空是湛藍的、樹葉是嫩綠的、山櫻花是桃紅色，以及地上白色點點的樹影；我雖然聽不見風吹葉子沙沙作響的細微聲音，以及走在落葉上的聲音，但大自然已為我演奏一場視觸和諧的音樂。光影和風是自然樂音的開場白，接著身體投入在其中，帶著愉悅的心情來到田村台駐在所。小丘上的砲台遺址因著歷史知識的注入，不知怎麼開始變得恭敬起來，深怕一個腳步踩毀了棄置在地上的酒瓶和醬油瓶。我拾起一只綠色的玻璃酒瓶端詳，發現有苔癬頑強地在酒瓶內部生長蔓延，竟自成一處桃花源，彷彿把當時生活的風景濃縮成霞喀羅的歷史，實在令人玩味。

沿途除了林樹、野花勁草之外，還有更多人文歷史待我們一一發掘，出現最多的是日治時期警用電話線的設施，是由此地的杉木製成的電線杆；有些是直立的、或有些被風雨吹得半傾、還有一些留著完整的燈罩與電話線，據說是因採用了硬度高的鋼線才能保存長久不受損。一邊行走一邊細細思忖著這條路過往的風貌，忽然有個巨大的黑色十字架掛在空中逆光迎來的景象，帶來強烈的視覺畫面，直憾人心。如同身在暗處，然後被十字架的光帶來驚喜，真希望自己可以待久一點，杵在這裡，就那樣仰望凝視著它。當回過神時，仔細一瞧，原來是電線杆被風吹到樹林裡，在半空中懸掛著，形成了天然的公共藝術品，令人嘖嘖稱奇。

身材瘦小且揹著高一個頭登山包的張醫生，裝備看起來很重，不喜歡領頭的她總是在最後面徐行，一路愜意地觀察身旁植物。她不太會一味焦急奔跑並想辦法拉近距離，而是一派輕鬆地疾步隨行，行走的配速與體力上的輕鬆讓我印象深刻，不只是為了突破自己的體能，也同時展現了女性登山的樣態，這樣的不凡氣勢不愧是登過百岳的女俠！我們有著共同的喜愛，喜歡山與崇尚大自然的魅力，會因為看見特別的植物而停下腳步，佇留觀賞，知識豐富的張醫生知道我聽不見，也會特別放慢語速讓我看得清楚嘴型，彼此之間的距離也不知不覺地拉近。能夠在山裡一起說說話和大笑，放開自我，對自己、對大家來說都是一件不容易的事。兩天一夜下來，時而遠、時而近的距離，如跳恰恰般的「間隔」與「俏皮」，恰如張醫生的風格，讓人覺得舒服。我們一樣是喜好孤獨且自由的人，懂得如何畫出自在的界線，在一片歡笑聲後，享受若即若離的悠遊感。

走過霞喀羅大山（石鹿大山）和繩索吊橋後，來到朝日駐在所時正好是下午三點左右，此刻還有一些日光，腹地上有大片橘黃色的枯葉，經太陽照耀下顯得閃閃發亮，就像是發光的寶石，由於太神奇，好似跟我們招招手：「來！來這邊住下吧。」原本一行人是計畫繼續前往存有警徽的白石駐在所，但一路上同時遇見不少朝聖的登山客，為了避開人聲鼎沸的白石菜市場，二話不說便決定卸下登山包，在此直接駐紮包場，空曠得簡直可以跑上一圈歡呼。

只有動物叫聲和大自然音樂的夜晚，反而比人類講話的聲音聽起來悅耳。這一趟霞喀羅古道行，有優美的森林、一閃一閃的銀白色溪流、山林景觀和歷史古道的魅力，是我登山以來最浪漫的時光，心裡計畫著下次一定還要再來。

霞喀羅十字架　攝影／林瑋萱

寫生誌

頭頂上的風景實在多變，我經常坐在石頭的一角，花點時間抬頭看著光與樹影的交織變化，總是百看不厭。坐了很長的時間，才開始動筆寫生，雖然無法細細描繪出光影的樣子，但我認為霞喀羅的樹林很有個性，再加上電線杆，有機生長的畫面（樹林）加上垂直（電線杆）的線性分割組合，很像是在跑一整卷的底片膠卷，帶點古褐色舊日時光的質感，同時也呈現出這條古道上的特色。

《電線杆與樹幹之間》，2020，素描紙、鉛筆， 23.7×17.7 公分

《霞喀羅古道》，2020，素描紙、鉛筆，23.7×17.7 公分

09.

獸群的流水宴——

薩克雅金溪

《夜晚的太空飛船》，2022，色紙、剪貼， 26x14.2 公分

「森林的夜晚究竟是什麼模樣呢？」

「會遇見什麼樣的動物？」

「不要只有獸鳴，也現身給我看看好嗎？」

聲音對我來說，除了是抽象無形的聲波之外，更是真實的「有東西在振動」，可以說我看見的聲音遠比聽到的聲音來得多。這當中承載許多流動性的畫面與身體記憶，與小時候摸媽媽的喉嚨去看見聲音、認知聲音，進而嵌入我的聽覺資料庫有關。即使，長大後的我依靠助聽器的接收器將聲音放大並接住聲音，但以眼睛去觀察聲音的狀態，仍比使用助聽器去聆聽聲音更加吸引我。而我身邊大部分的聽障者／聾人朋友，也多是仰賴視覺去攫取陌生世界裡傳遞的訊息。

非常興奮又期待，
想著想著，
也想聽見。

朝日野營

攝影／林瑋萱

櫻花樹　攝影／林瑋萱

霞喀羅古道上的朝日駐在所位在薩克雅金溪旁的高台上，海拔高度約 1720 公尺。據説這裡是因為能迎接清晨的第一道曙光才命名為「朝日」，光是朝日這個名字，就已經讓人感到小確幸了。小小的腹地被細長的杉木造林擁護，豪爽地在土石的地表上，灑落一大把黃澄澄的枯葉，提供山友們睡覺用的天然床墊，這無疑是森林饋贈給旅人的床鋪。查看手錶發現離晚餐還有一段時間，大家很有默契地散開，各自找事做或去附近的草叢林地探險，待開飯時再回到今日的駐紮地。

我自告奮勇地提著水袋要去取水，發現離營地不到五百公尺的山壁上有一道瀑布，在午後的斜陽下循聲漸近地抵達水源地。心情格外愉悅，放鬆的像是在自家附近的公園散步一樣，這樣的心境也反映在山泉流淌的色光裡，那透明質地的水閃耀著青碧色、琥珀色，還有千草色中和著一抹夕陽的緋紅色。取好水走回營地的路上，我的

目光落在蓊鬱林子裡的一顆櫻花樹上，以樹幹為中心，上方點綴著桃紅色的櫻花瓣，看似密集卻也分散，形成的粉紅大光圈連動感染周圍的空氣，「啊！簡直太美了！」駐在所周邊通常栽有數株山櫻花，相傳是日人為了思鄉情懷特別種植的，淡淡的、虛幻般美感的櫻花正好綻放著，瞬間湧上一股為期待而等待的物哀感。

頭頂上的夜幕正悄悄降臨，周圍的景物也慢慢地後退隱藏到樹林間，大地罩染上一層煎茶色，看不清楚前方景物的細部，似乎在催促著我們趕緊搭帳煮食。森林的夜晚冰冰涼涼的，我頓時失去方向感，因為看不到夥伴們的唇形，也看不到聲音從哪裡來。我無法身處在黑暗裡和人並肩對話，沒有看著對方說話對我來說會產生理解上的困難。某種意義上，「光」對我來說就是「聲音」。我開啟頭燈，把登山用的輕型營燈吊掛在樹枝上，勉強恢復社交圈圈。雖然我不知道大家口中喃喃細語的在聊什麼，但這樣的夜對我來說還是很興奮的，我不亦樂乎地在營燈下煮著白菜獅子頭和咖哩雞肉飯。

月亮在沒有城市的光害下特別皎潔，月光下的森林及周圍萬物也變得柔和明亮，發光的帳篷在黑夜裡看起來則像是外太空裡的飛行船。動物們的一天才要揭開序幕，夜晚正是牠們活躍的時刻，開始紛紛出沒在古道上。我窩在白色的帳篷裡，透過營燈看著樹影婆娑搖曳，外帳化身為螢幕，像是看皮影戲般地逗趣。流水聲和獸鳴聲依序傳送到耳道，再一路挺進耳蝸裡，聽得讓我心驚膽跳又雀躍，一時之間無法辨別是什麼樣的聲音，各種聲音交織組成環繞的森林流水夜宴，甚是熱鬧。午夜前的森林喧囂得無法安穩睡覺，但我捨不得卸下助聽器，內心渴望聽見更多野生動物的聲音，好收藏在我的聽覺記憶庫。就在快入睡前的片刻，忽然聽見一道很猛的聲響，嚇了一跳，覺得很像狗在吠，接著又來第二道咆哮聲，直勾起我的好奇心。「咦?!深山裡居然有狗？」心裡浮現很大的問號，轉頭問睡在一旁的旅伴心心，她側著臉對我說：「是山羌喔～」什麼?!我深怕自己聽錯，只好再請她重複一次：「是山羌！」我驚訝地從睡袋裡爬起來，戴上眼鏡集中精神專注地聽。我印象中的山羌外表看起來像一隻羊，還以為是牠的聲音會是：「咩～咩咩～～」的叫聲，怎麼會是「汪！汪汪！」當下笑出來，聲音真有趣啊！當然也覺得山羌莫名可愛。

此時，樹上的貓頭鷹發出「咕～咕咕～～～～」的響亮叫聲，一點兒也不輸給山羌，而且尾音拉得好長喔，搭配流水的伴奏催促著我們趕快入睡，反而讓我更好奇牠們是如何在夜裡御風飛行的？接著我又聽見遠方不知名動物的叫聲，又問了快熟睡的心心，她說：「是山豬吧。」「吼齁唧～吼齁唧～～」，不知道為什麼感覺像是在生氣什麼呢？是因為我們霸占了牠們的地盤嗎？那既衝動又急促的威脅聲，讓人憂心牠們會不會從哪個方向衝下來把帳篷撕毀呢？各種聲音和場景被隔絕在帳篷外，剩下的是緊張兮兮的心跳聲。那天的夜晚，動物與人相安無事，只有我貪婪地想聽見聲音。再多一點，再多一點點，就滿足的聲音。

透過他者的耳朵蒐集聲響的經驗，使那些未知的聲音漸漸清晰，幫助我辨識了更多夜晚森林的聲音。夥伴們有時在行走路途中聽見聲響會好奇地停下來找尋，我也會跟著一起追循聲音的方向，他們會用手指頭在四周畫出聲音的軌跡，這樣一來我也能用眼睛跟著他們的聽覺，同步追尋動物的蹤影。當方向一旦確定後，我比任何人還要迫不及待地伸長脖子，墊起腳尖、張大眼睛，朝向空中觀察是什麼模樣的動物，此時恨不得自己手上有望遠鏡。如果是遇到鳥兒，夥伴小玉則會在現場模仿對方的叫聲，像是放聲高呼：「來吧，我是你的朋友！」鳥兒永遠熱情回應著她，一來一往地回聲呼應，像是問候老朋友般。

聲音自身永遠都像是一個謎，承載了許多的想像與好奇，超乎眼睛所觀看的世界。

有時候會好奇真正的聲音是什麼模樣？但「真正的」聲音又是什麼？有一個說法是，真正的聲音在你的心裡，雖然有點老套，但我覺得好像是真的。

IO.

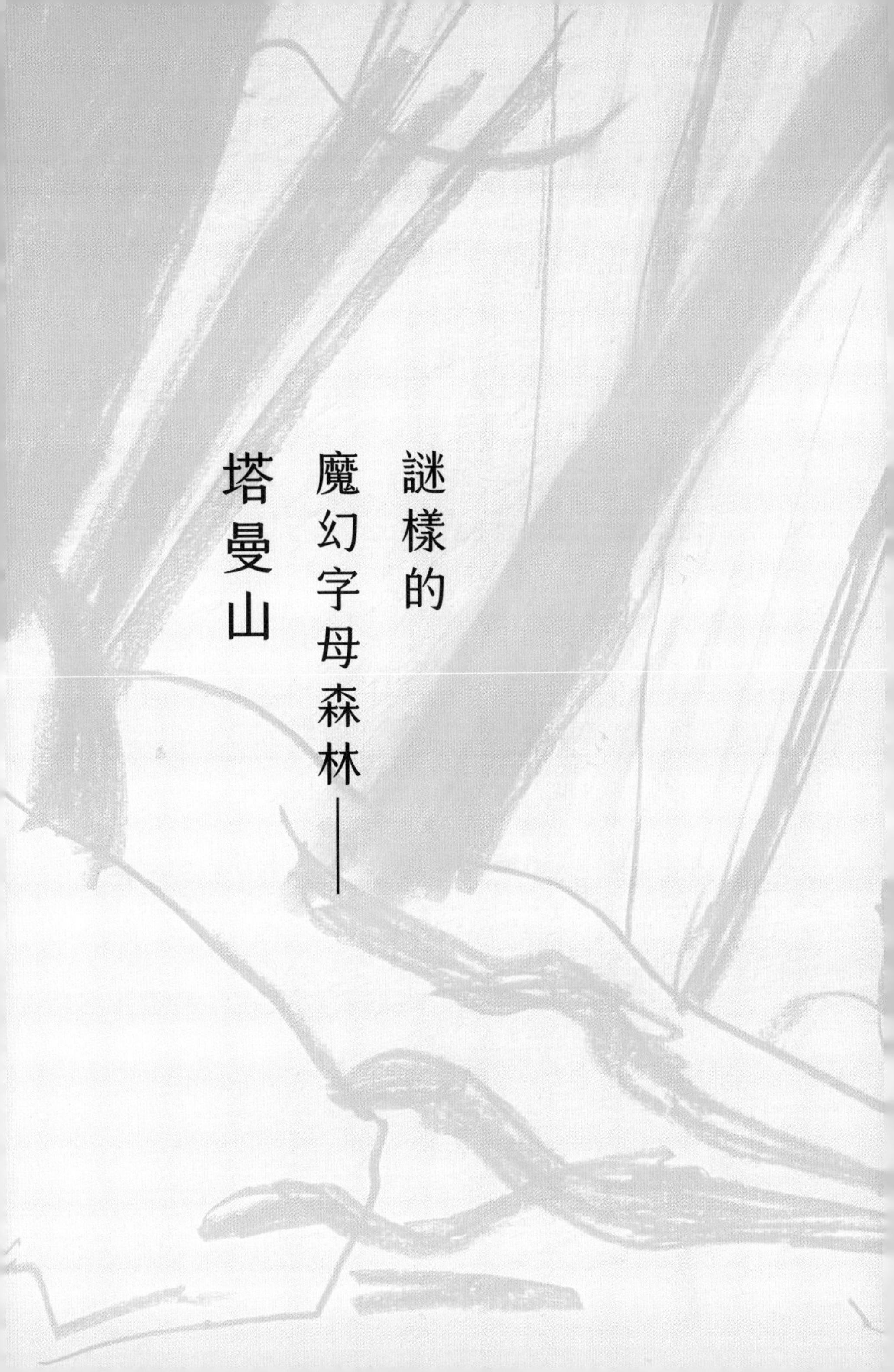

謎樣的
魔幻字母森林——
塔曼山

桃園縣復興鄉的巴陵[8]生長著巨大紅檜群，泰雅族語稱「Balung」，有「檜木」或「倒木」的意思。族語的名稱給我了一個畫面，在這片擁有垂直參天和平行錯落的中海拔森林，蘊含著簡單又強烈的線條感。

夏季的晝長夜短，讓原本幽暗的天色直接在清晨五點展露象牙白的微笑，天一下明亮了起來，讓人感受到炙夏的霸氣，此刻是多麼渴望地一直待在山裡消暑。我駕車帶著3名友人從台七線一路攀升，來到泰雅族部落——桃園縣復興鄉海拔最高1200公尺的「上巴陵」，道路兩旁都是民宅、餐廳、民宿和露營地的廣告招牌等等，花花綠綠的色彩很熱鬧，宛如天空城的首都。最後一段路因為車開過頭，只好折返，再次拐進入口，路寬看似僅有單向通行的空間，狹小如羊腸小徑般，但越往前行駛路越大條，兩旁密集的房子逐漸消失，山景的畫面緊接出現，綿延的綠色山脈透過車窗玻璃斷續隱現，直到置身於深山裡，此時才確定這是銜接另一條往塔曼山的山路，有一種柳暗花明又一村的感覺。在路上見著兩、三位在地人隨興地在活動，看來怡然自得，讓原本開錯路而緊張的我心情上寬鬆了許多，心中思忖，若搬到接近天空、森林和有稜線的山裡生活，不知道該有多好呢！

魔幻、森林、原始、阿凡達

此次要造訪的山是位於新北市烏來區和桃園復興區交界的塔曼山，海拔約 2130 公尺。大多數介紹塔曼山文章或山友口中的這座山，皆形容這是一座魔幻森林，尤其是在它剛起霧並直到整座森林籠罩在霧白世界中的時候。「魔幻、森林、原始、阿凡達」是這座山的關鍵字，我被富有原始氣息的森林吸引，想來撫摸這裡的樹木，為他們寫生。七月底的天空非常清澈，在登山口就能直接眺望遠處的大霸尖山和群山，我們興奮地朝向聖稜線突出的一對雙耳狀喊話：「等我們過去！」。

進入登山口後，視野從明亮開闊的環境，轉而進入暗微的空間裡，對光的感受性一下子變暗下來，彷彿進入灰綠色的森林國度。幽幽的光比苔蘚的綠光早一步引領著

8. 巴陵又作巴龍、馬崙或巴崚。巴陵又分為上巴陵（Balong）、中巴陵（Tayax）、下巴陵（Phay）三個聚落。Balung之意即檜木，一說松柏類，又說倒木，據傳往昔此地在洪水發生時，有許多漂流檜木，拾之築屋，為地名之起源。參「台灣原住民族資訊資源網」http://www.tipp.org.tw/tribe_detail3.asp?City_No=5&TA_No=8&T_ID=201

我們，雙腳踩在盤根錯節的樹根上，柔軟的泥土混合樹葉鋪滿大地，沿途可見處處躺著被釘上黃色告示牌的巨木盤生及中空的枝幹，還有被切成兩半的樹，殘暴的處理方式真是怵目驚心。餘留的樹頭仍緊緊地抓住地表下的土壤，企圖在盜伐的山老鼠和電鋸下的夾縫求生存，讓人揪心。由於這些殘存的樹頭數量實在太多了，憂傷的靈跟著我們在塔曼山爬上陡下。德國作家彼得・渥雷本（Peter Wohlleben）同時也是一名林務員，在他負責看管的原始森林區域裡觀察到山毛櫸樹木們會互相照顧，透過地下根系為彼此提供養分，「森林顯然不情願失去任何一位孱弱的夥伴」[9]。樹木們為了群體的生存，無條件地相互救助，使得許多個體得以存活下來，似乎在植物的世界裡能更加展現這種互助相生、成為一體的精神。

沿途還好有許多大小不一的可愛樹洞穿插在林中，像是精靈的家，甚至有座比我高一點的樹洞，需要先掂腳再蹲身鑽進去。我那不協調的身體和笨拙的雙手在經過狹窄的樹心時，不小心摩擦到裡面的樹皮，瞬間在空氣中聞到一股甜甜香味，似紅檜與泥土揉合濃郁的氣息，再加上溫柔敦厚的陽光先生。我因為好奇，便在樹洞裡面停留片刻，一離開樹洞，味道旋即消失，但也足夠療癒了。在這座森林裡的每個樹洞都是一條通往感受檜林香氣的密道，希望來此探望樹木們的每位旅人能共同守護這塊土地。

9. 彼得・渥雷本（Peter Wohlleben）著，鐘寶珍譯，《樹的秘密生命》，商周，2019。

中空的樹洞

攝影／H

字母森林

原始森林的場域具有強韌的生命力，蘊含著自然的奧祕，有不少古老神木的榮枯與叢生的杜鵑林，共生共榮地交織成獨特的神祕荒野，尤其是植株密度很高的杜鵑林，在自然因素與風化的影響下，形成各種不同的奇幻造型。山裡的空間感不同於日常的起居空間，它的界線和定位不是四四方方的矩形，而是看似雜亂無序的有機邊界。我試著在視線可及的範圍內搜尋這些獨特造型的有機物，以各個角度觀察塔曼山的樹，從正面、背面和左、右邊的側面，甚至退後一百公尺來端看這些自由向光生長的線條。當這些線條交叉重組後，漸漸地浮現像是大寫的英文字母如：D、L、W、H等，尤其D的樹枝具有柔軟的延展性，竟可以彎曲到半圓形的弧度，再和其他的樹根銜接並構成幾何造型，令人嘖嘖稱奇。我們還在一個場域中撞見有左右兩端的樹枝在空中連接成的樹網，像是一個巨大的結界，散發出一種不得擅自闖入的無形氣場，讓接收到此訊息的眾人不敢停留太久便快速通過。即使森林某部分令人生畏可敬，我仍然非常喜歡這片來自杜鵑林的作品牆。

近中午快接近三角點時，原本林蔭幽徑的場景轉為鋪滿遍地的台灣瘤足蕨，生長得既狂野又茂密，幾乎看不到前方的小徑，需要徒手撥開蕨草才得以繼續往前。各式各樣的苔蘚與蕨類紛紛探出頭來，有些依附在樹幹上或從地底蔓生攀爬，各自成群的他們徜徉在林間散落的陽光下，一叢一叢的像是泥海中的植物島。每當有苔蘚與蕨類出現的山徑上，那些透光的小小葉片閃露出的一絲絲綠光和細長搖曳的葉形，總是讓人莫名放鬆、平靜安穩，會不由自主地被他們吸引進入綠色的微觀世界。登頂後，回程一路

樹枝與樹幹組合成「D」
攝影／林瑋萱

向下的柔軟土地和富有彈性的地表，讓身體雀躍地跟著下探的節奏小跑步，心裡揚起了我想要跟風比賽的意念，看看誰比較快抵達登山口。我壓低身體一路下切奔跑俯衝，臉龐感受到風吹來的暢快。路上若遇到橫塌的障礙物需克服地形，端看用什麼樣的方式過關，像是一場遊戲，我抓好距離跳過一整根被青苔包覆的樹幹，加速奔走，在山野間穿梭跳舞。腳下的每一步不外乎都是經過身體精密運算後的結果，而這快速移動的步伐其實是一個專注力極高的運動，也是一個維持身體平衡的運動，更是無數個獨處的片刻。森林的野趣喚醒我的五感，尤其是視覺和觸覺的深刻體驗放大了聽覺，流動的風順帶來嗅、味覺的感知，整個世界頓時鮮活了起來。感受大自然的脈動，它會給你最直接的回應，而我們所能做的便是呼應它、尊重它並謝謝祂。

午後三時許回到登山口，離開起霧的塔曼山，驅車前往上巴陵便利商店休息。這季節正好盛產水蜜桃，便在附近的水果店跟阿嬤拿了切片的水蜜桃來嚐鮮，粉蜜色的桃多汁美味。我步行到商店區對面的景觀台眺望風景，一陣風正巧吹散混合泥土氣息的霧，我瞥見下方漆紅色的大漢橋，被層層疊翠的山巒包圍著，視野十分遼闊，蓊鬱的山林盡收眼底，這是山神的贈別禮吧！

寫生誌

林之間

塔曼山的杜鵑林為了守護彼此生長的空間，相互之間產生了「間」；這無法以人眼估計的距離，每一片葉子顯然都拿捏得宜，間接形塑了亂中有序的空間，留給人無限的想像和深思的空間感。日籍建築師黑川雅之在思考「間」的美學時，他說：「必須捨棄『整體』的概念。若是從整體這個巨觀的角度來觀看存在其中的人或物的話，是無法覺察『間』之本質的，微細之處才是人或物的中心，這是『微』的美學意識，也是幫助我們理解『間』之美學的途徑。」[10] 大自然巧妙又隱微的安排，反而帶給人十足的創造力和不需修飾的美。

我使用粗炭筆在纖維光滑的速繪紙上作畫，先快速勾勒出樹幹的形體，安排前中後景空間，以一筆一筆的線條塗黑、塗滿前面的樹幹，最後再以手指來塗抹局部，暈開的碳粉使線條從清晰轉而為模糊的狀態，營造出空間的前後層次，產生曖昧的交錯線條，呈現我在塔曼山所感受到的氛圍。

10. 黑川雅之著，《八個日本的美學意識》，雄獅美術出版，2019 ，p78。

《塔曼山》，2022，德國速繪紙、粗炭筆，29.7×42 公分 ×4 張

Tamam

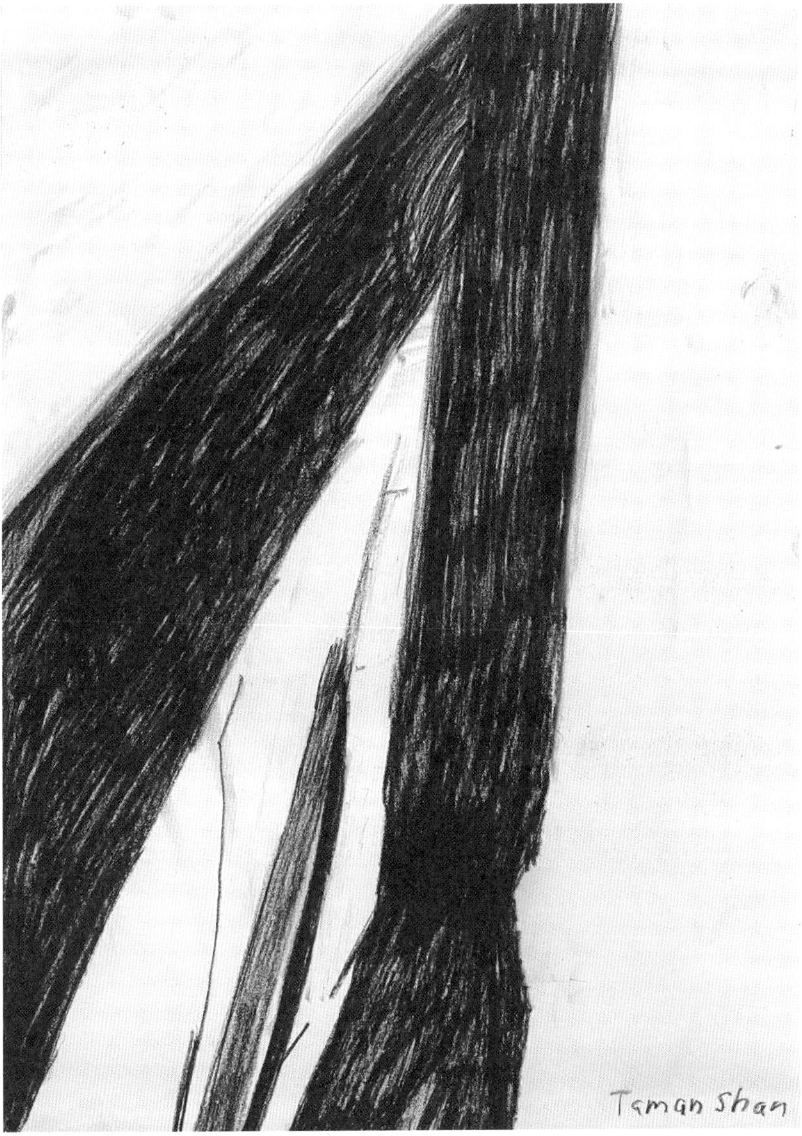
Taman Shan

II.

以你的手語呼喚我——

合歡北峰

為了實現人生中的第一座百岳，二〇一七年二月我和山友相約跳上台灣最美的高山公車前往合歡山。這台公車從台中豐原站前往梨山，我們從海拔二百多公尺的鄉鎮開始一路上升到海拔3150公尺的松雪樓前下車。我記得當時從登山包裡取出洋芋片，因受到高海拔壓力的關係導致真空膨脹，鼓鼓的像是隨時要爆炸一樣，高海拔的鮮明影像收入感官記憶裡。我們所呼吸的空氣看似透明且輕盈，當一受到壓力時就可以感受到肺部的沉重。從合歡山遊客中心開始步行，計畫走到小風口停車場，再銜接上合歡北峰，但實際走起來比想像中還要遙遠且寒冷，不得已只好放棄折返回松雪樓住上一晚。合歡北峰上那遙遠的反射板，也就一直放在我的心裡不時地折射出白色的亮光，暗暗微微地呼喚我。

我喜歡在山上和朋友互動的感覺，總覺得在山上的時間以及和人相處的感覺不同於山下。二〇二二年開始爬山的書寫計畫時，我想起了我的聾人朋友們。我雖然平常有一群固定登山的山友們（Yama girls），因著相近的價值觀——共同對山林的喜愛、藝術創作背景或是對神祕學領域有興趣，讓我們每次登山都合作無間，但其實我從來就未曾與同我一樣的聾人朋友一塊兒好好地爬過一座山。有了這樣的念頭，我告訴自己該發出邀請，約聾朋友們去走聖稜線。但逢週末雪山主線上的三六九山莊實在一位難求，正當苦惱之際，幾年前未竟的合歡北峰就這樣閃進腦海裡。海拔高度3422公尺的合歡北峰看似很高，僅須爬半天的時間就能抵達，雖是如此我也不敢輕視高海拔引起高山症的狀況。我們計畫兩天一夜的旅行，第一晚夜宿在清境農場附近的民宿，此行共有五個人，輪流駕駛一台車，同住一個房間，剛剛好。

闔上耳朵

由於隔天凌晨要摸黑起床，大家都很配合地早早就寢。我回想起以往爬山落腳山屋的夜晚，大家睡前總是很忙，頭頂上晃著不擾人的紅光頭燈，窸窸窣窣地一邊整理手邊的東西、一邊準備幾個小時後要攻頂的裝備，睡前最後的步驟通常山友們會戴上耳塞或是吃上一顆保證入睡的安眠藥。而這次，我與聾友們上床睡覺前一一卸下助聽器，暫時與外界和人聲隔絕，讓聲音離開我們的耳朵。每位聾友卸下置放助聽器的習慣不同，有的會將助聽器放在桌上、有的放在防潮盒或枕頭旁邊；無論如何，我們都擁有關掉世界聲音的控制鈕，進一步說，我們彷彿是被拔掉電池的機器人，瞬間進入太空旅行的休眠艙裡。關了房間的燈，什麼也看不見，人說話的聲音、窗外的鳥叫聲、喧鬧的車流聲都消失，在伸手不見五指的靜寂中安然地進入夢鄉。

聾人與聽人的夜晚，一樣是在尋求安息。

大自然的吶喊

凌晨，在沒有鬧鈴的叫聲中醒來，只有手錶的震動直接將人搖醒。五個人在黑壓壓的天色下擠進一台車，奔馳在細長綿延的合歡公路上。遠方的地面上有兩個鵝黃色的朦朧光圈為我們照路，兩邊的山林像是油畫刀刷著一整排黑灰白漸層色的線條，團團蠕動的風景不停地掠過車身。一片漆黑的車內讓每個人臉上都是模糊的，看不見彼此的手語，更何況是表情與嘴型，一時之間感受不到對方的情緒，但我知道大家跟我

一樣很亢奮。

在充滿鬼魅的夜色裡，躍過寂靜之聲的另一端，讓我想起孟克(Edvard Munch)的一幅畫——《吶喊》（*The scream*）。畫作裡的天空有強烈對比的色彩、色塊，筆觸抖動帶有不安的感覺，骷髏狀的人物雙手抱著臉頰兩側，張開的橢圓形大嘴處在一個洩壓的橋段。在房車內的我們因無法比手語正壓抑著自己的情緒，無從製造聲響及表情。是的，表情正是聾人語言中的修辭法，無法表露嘆助詞的我們只能默契地靠在車椅上，一同靜靜地等待日出的光亮，直到陽光爬上每個人的臉龐，才開啟我們之間的手語對話。

山腰過彎的時候，忽然看見前方有高低起伏的點點在平台上晃動，劃破了清晨的寂寞，大伙隨即探頭往車窗外瞧，赫然發現是一群裹著大外套的旅客們，原來他們從凌晨時分、甚至昨晚就已駐紮在此，守著合歡山的夜空就為了一睹日月星辰的交班時刻，那日出前天地籠罩著迷人又魔幻的時刻，真是百看不厭的色彩。我猜黃金尾巴的流星可能有經過，即使隔著一層玻璃窗都能感受旅人們的熱情與瘋狂。

固執的運動員

因聽不見聲音使然，大家登山時反而像是個有目標的運動員，心無旁鶩的往上攀爬。合歡北峰山上萬里無雲，使山景的視野更為清澈開闊，鄰近的合歡群峰以及對面的玉山、雪山、奇萊和南湖等遠近群山一下子離我們好近。有些人非常專心地健走，腳程之快幾乎不見背影，我則是喜歡走走停停欣賞某一片風景或一頭探入苔蘚和地衣微觀世界。

視覺之於聾人，主要是以眼睛之所見和輔以助聽器收集聲音並放大它，而後去感知周圍景緻的細微震動變化。當然，聾人無法像聽人一樣邊行走邊聊天，因為聾人不是這樣設計的，專注在單件事物並享受其中對聾人來說才是和諧的。我曾經在徒步時與聽人聊天，眼睛注視的焦點轉移到對方的嘴型與手勢，當下隨即意識到走路有點不方便，但因想及時參與他人的對話而未留意腳下的障礙物，被地上的凹洞、石頭和多出來的樹枝絆倒，一「視」多用對我來說是件困難的事。

以我的手語呼喚你

我在山上最喜歡的是與大家一起分享美好的事物，在合歡北峰步道0.9 km的下方有顆挺拔的玉山圓柏，遠遠望去很像是巨型花椰菜，正想跟大家分享這令人雀躍的風景時，放眼望去，夥伴們已離我很遠了，但我不想放棄而對著遠方的聾友們高舉雙手，動作大到甚至引起其他登山客的注意，有位夥伴終於轉身看見了我，也隨即打手語幫忙傳達給其他人，於是我們一起踏上滿地細葉和杜鵑紅的花坡，近距離觀看玉山圓柏。

當站在箭竹林構成的黃金草原上遙望著四方巨型的反射板，它的作用是要讓訊號傳到更遠的地方，更是合歡北峰登山客們的指引方向。對我而言，它像是一面內心巨大的鏡子，從鏡面上看到在天空漂浮著朵朵白雲，地面上則竄出高高直立伸入雲端的山峰，還有渺小的我像隻青蛙一樣蹲在草坡裡。結合各種元素下反射出前所未有的視覺，剎那間像是走入超現實主義畫家馬格利特(René Magritte)的繪畫作品《假鏡子》(The False Mirror)裡，不知道是否來自個人內心的想像，抑或是這座反射板所發出的奇幻氛圍？

翻過斜斜的山坡後，大家來到了合歡北峰頂部的大草原，終於可以聚集在一起，面對面用手語聊天。我們雙手比出的手語就好像鳥兒在山稜線的天空飛翔，手指戲劇性地張開或併攏來表達自己想說的話。無遠弗屆的手語，縮短了彼此在山上的距離。

合歡北峰步道上的玉山圓柏

攝影／林瑋萱

大自然是一塊奇幻的畫布

我與四位聾友們各自的聽覺接收程度不一，加上生命經驗不同，分別使用自然手語、文字手語和口語並用，以獨特的方式去接收外面給予的訊息。深與淺、窄與廣、光與影，如同山的皺褶，有著豐富的表情與純粹的語彙。我借用馬格利特超現實繪畫的風格，以手為符號，呈現千變萬化的手語在山巒間自由地飛翔，越過山巔，終與背景的景象融合為一的畫面。

層層的山巒形成了一幅畫　攝影／林瑋萱

《以我的手語呼喚你》，2022，紙、鉛筆，14.9×19 公分

《合歡北峰的反射板》，2022，紙、鉛筆，21×14 公分

《大自然是一塊奇幻的畫布 -1》，2022，紙、鉛筆，221×14 公分

《大自然是一塊奇幻的畫布 -2》，2022，紙、鉛筆，21×14 公分

12.

蝌蚪莊主——

抹茶山
聖母座前的
一池明水

這座天壇的聖母朝聖地位於宜蘭縣礁溪鄉五峰旗瀑布風景區的上方高處。我在偌大的廣場上仰望，建築物看起來莊嚴崇高，一走進內部，風格卻與外觀截然不同，由木造建構出的神聖空間，使得建築內帶有祥和寧靜的氣氛，當置身其中，心境很快地就能沉靜下來。天主堂的左邊有一道下瀉的瀑布，水量充沛，在陽光的折射下映照出忽隱忽現的彩虹光芒。右邊則是巨石做成的聖母巖，供奉由白色大理石雕製成的聖母張開雙手像，據說是特地在義大利完工後空運來台灣；大理石讓聖母像散發出柔和的光輝，忍不住伸出手觸摸著聖母像的手心，彷彿她好像真實在我身旁。我喜歡宗教帶來的平靜感覺，是發自內心的觸動，不需要透過清晰的言語或具體的手語來陳述，就能讓我的心走進神聖的寧靜裡。

我們在教堂廣場準備入山前的禱告，旅伴雅心帶來〈山間朝聖者禱詞〉請我和另外三位山友各唸一段這篇禱文。我一開始有點抗拒，因為平常都是聽著大家禱告，但這次，雅心希望我可以參與，以自己的聲音來祈禱。看著大家皆準備好，手牽手圍成一圈進入禱告的儀式裡時，我聽見一個聲音對著我說：「話語的界限，沒有分你、我、他。」此時此刻，大家成為一體。

〈山間朝聖者禱詞〉是某次旅行時，在花蓮新城天主堂的公布欄偶然看到，詞裡的背景主要是描述一群生活在高山上的修士和聖伯納犬的故事。這間教堂的源起是紀念11世紀來自義大利的聖伯納修士，他一生熱心服務於這條險峻路線，幫助早期橫跨阿爾卑斯山區朝聖及商旅的旅人，也在這條路線上建造庇護所。不僅如此，大聖伯納修會的修士們，身邊也攜帶脖子上掛著小酒桶的聖伯納犬一起在山區進行搜救任務，而這條路也是歐洲朝聖著名的「羅馬之路」（Rome way）的一部分路線。當時覺得這份禱詞很適合喜愛爬山的人，於是也拿了一份帶回家貼在牆上。將這段禱詞連結起來往瑞士和義大利阿爾卑斯山脈的旅人與台灣高山的登山者，一個跨維度的朝聖自白，道出一位朝聖者心中的想望。後來每次要出發去爬山前，便會在心中先默念一遍。我知道，山是一個過程，不是最終的目標，那些經歷山林間賦予的驚喜時刻，才是最珍貴。

「吾主阿！因為愛，你創造了我，求你使我向前進，跟著我的兄弟姊妹們，以及整個宇宙，懷著勇敢及虔誠的心，在山間朝向你，阿們！」

我分配到的段落是讀最後一段，我特別喜歡最後一句「在山間朝向你」，心靈在還沒有爬到山頂前，就已經被聖母的愛充滿了，內心深處的豐盛不斷往外擴散到全身，此刻感到愉悅平靜。

我們沿著教堂旁的碎石路往上步行，直到「通天橋」，橋旁有一座小小的聖母亭，指引此地是「聖母山莊國家森林步道」的起點。隨即進入有階梯的步道，景觀也跟著換了不同的模樣，高大茂密的樹木遮蔽了天空，少有陽光射入，瀑布也帶來潺潺溪水的濕氣，讓闊葉林快速生長包覆整座小河谷，倘若這個地方沒有被發現的話，我想那會是一座迷霧森林的原型吧。最後一段走出林木帶，視野轉而開闊，令人心曠神怡，彷彿走出不見天日的山林裡。直到盡頭時，映入眼簾的是連綿山脊稜線，有如劍龍背上尖尖的板，也就是抹茶山。初登此山時，讓人印象深刻的不只是覆蓋抹茶粉般的山體，還有圍繞山生長的箭竹林、聖母山莊前的水池和瞬息萬變的天氣，於是我有了一個鄉野怪談的故事發想。

抹茶山的呼喚——來自蝌蚪莊主的訊息

聖母山莊前有個很大的黑色受洗池，無論日夜，水面上不間斷地吐出白色泡沫，嗶嗶啵啵嗶啵啵~嗶嗶啵啵嗶啵啵~

裡面住著一群密密麻麻煤渣黑的蝌蚪，在水裡搖擺抖動，牠們分好幾個圈圈群組，忙碌地不停晃動，像在開祕密會議一樣。嗶嗶啵啵嗶啵啵~嗶嗶啵啵嗶啵啵~

我忍不住好奇心，蹲在地上往水池裡猛一探，我，這巨大的陰影似乎驚動了牠們，頭頂上的眼睛，隨即上探，對我打量一番。剎那，我和蝌蚪互相對看了2秒，旋即知曉了一個祕密。

黑溜溜的「蝌蚪」原來是聖母山莊的莊主。白天潛伏在水裡的時候是滑黑溜溜的模樣，等到夜晚四下無人時，才會浮出水面，伸出兩條短腿站立起來，雙手從肚子裡拔出來、尾巴縮起來漸漸地形成人類的樣子，在抹茶山一帶巡邏、守護夜宿山屋的登

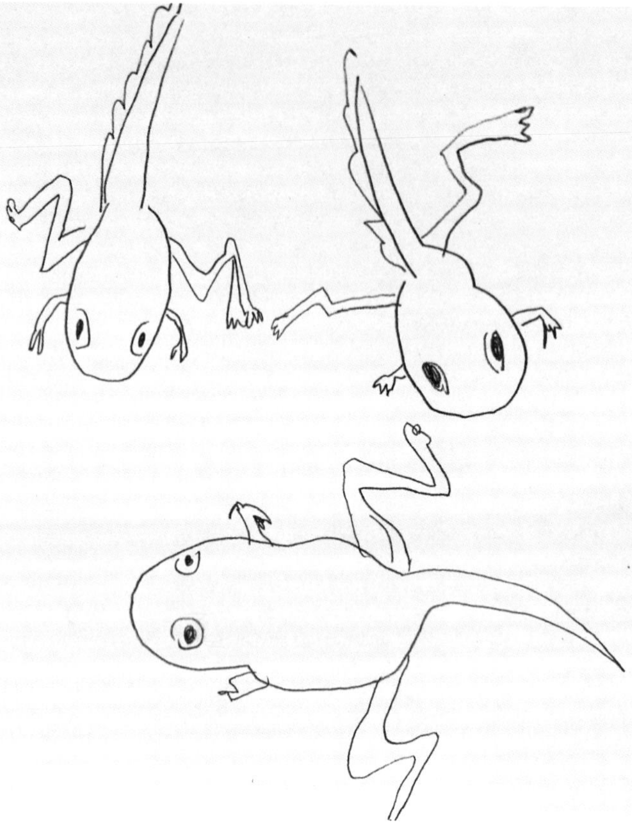

聖母山莊廣場的人工水池為「森林火災消防蓄水池」，海拔高度約 850 公尺
攝影／H

抹茶山，海拔約一千公尺　攝影／H

山客。還有，莊主是吃素的，抹茶山邊滿滿的箭竹林才是牠們的食物。噢！難怪圍繞在山邊的箭竹林有一種啃咬後的雕塑感。

我們乘坐著聖母賜下的一團積雲，在雲霧裡行走。有時得到陽光灑下來的金光，有時是從臉龐經過的氤氳霧氣，感受到聖母的慈祥友愛，我的心如此平和喜樂。不久，一團雲分散成幾朵，朝著山頂上的聖母山莊移動，望山、看枯樹，都是會讓你花好久的時間佇留。

而我總是最後的一團雲朵，看見山頂上的幾朵雲已經聚集了，終於來到山丘的步道，抬頭向山看，在綠色漸層波浪的山巒見證下。看見山頂上的耶穌雕像對我露出微笑，此時，我邂逅了奇遇。

在這條朝聖路上，看見了簡單、純粹的個體，無論是山形、雲氣和人體，都在於心中的那份愛。

《蝌蚪》，2020，100% 再生紙、黑色蠟筆，16.2×22.5 公分

13.

山語——指間的山

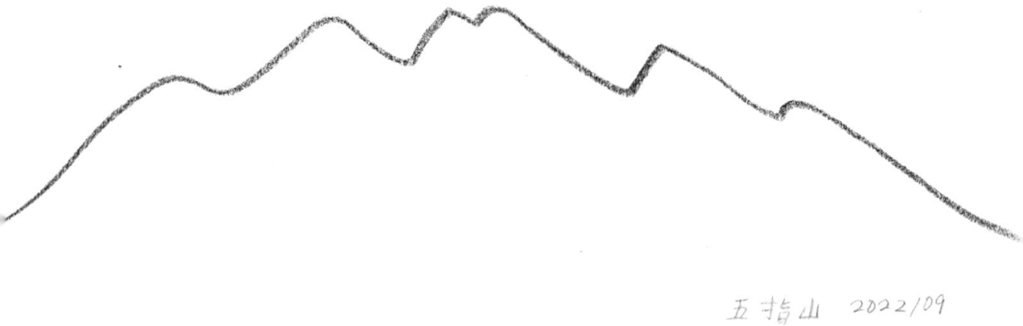

《指間的山》，2022，紙、鉛筆，7.4×10.5 公分。

「山」的手語是：

1. 舉起手，停在臉前

2. 在空氣裡，
劃出水平波浪形

3. 描繪出山的樣子，
即「山」的手語名字。

自然手語[11]作為聾人之間約定俗成的語言，是以模仿人、事、物的特色進而創造出來的溝通語言，以一種自然顯露生活感的姿態，連結起「手」語和「山」語的意象。「五指山」之所以有名，是由五座高低起伏相連成峰的山所組成，因山形似手部握拳後突起的關節，取指間的形狀，稱為五指山。它霸氣地跨橫新竹縣竹東鎮、北埔鄉和五峰鄉的三個鄉鎮，凡見著它那著名波浪狀的線條必過目不忘。此外，五指山更是具有風水靈氣的寶地，山腰上聚集了數間寺廟，有受北宮、盤古廟、瑤池金母、七仙女娘娘和灶君堂等廟宇，為這座山蒙上一層神祕的面紗。

這些山裡的廟，雲霧繚繞，若隱若現的出現在天空和土地之間。讓我想起小時候曾住在新竹縣義民廟後方的外婆家，在那片廣大的稻田裡，旁邊的義民廟每逢節日熱鬧不眠，那些彩帶鞭炮讓廟宇被包圍在五顏六色的彩色團霧裡。同樣是處在一團霧裡，平地的煙霧卻不同於山上的雲霧瀰漫。但下起雨的義民廟，有著另一種面貌，當那半

11. 關於手語介紹，參中華民國聽障人協會網站：http://www.cnad.org.tw/ap/news_view.aspx?bid=25&sn=35ef3d27-4e95-4116-a45d-74e76ece9998

透明直線條的雨水，一條一條地覆蓋在廟宇身上，此刻的風景更接近山間的廟宇。正如，水平線移動的雲霧和垂直線降落的雨水相逢時，那些霧裡看花的時刻，美不勝收。

手指間的山，即上上下下之路。

第一次造訪拇指山，我依序循規蹈矩地從拇指峰開始攀登。拇指峰登山口位於環境清幽的竹林禪苑後方，穿過寺廟，周圍林相是彷若鉛筆一樣筆直往上的柳杉林，襯在高得看不見天空的藍幕下。拉開天地，地表植被的繁盛也不遑多讓，遍地生長的姑婆芋有巨大的葉片及粗壯的莖，當風吹拂葉片時就會產生如波浪般的晃動，遠遠地看起來就像是大象的耳朵在隨風搖擺。抵達拇指峰（1024 公尺），不免俗地舉起大拇指和三角點拍張照，這個動作再往後面的三角點重複出現，原來山友們來爬這座山除了鍛鍊腿部肌肉之外，還順道跳起手指舞。拇指峰作為此行的第一個高點之後，開始下降續往食指峰的方向前進。

山字碑
攝影／H

食指峰海拔高度1040公尺，比拇指峰高一點。在食指峰三角點的稜線上，有兩、三個黑色的點點忽然闖進我的眼野，留住我要繼續前行的腳步。停下來等待對方靠近，飄飄起舞的黑色點點原來是一對一對的小翅膀，牠們穿著一襲黑色絲絨的洋裝與絲襪，幻化為芭蕾舞者，在杉林尖頭的樹冠上歡樂地飛舞，時而嬉戲、追逐，彷彿整個宇宙只剩下彼此，連我們悄悄話的聲音也絲毫影響不了牠們。翠鳳蝶——是我看過的蝴蝶中體型最大的，逍遙自在的氛圍讓人心生羨慕，身心忽然輕盈起來。我頓時像是失去重力般，視線跟隨黑色的翅膀移動、消失在杉林裡，有一種悵然若失的感覺襲上心頭。正細細感受之餘，不知從哪一端忽然竄出振翅飛翔的金龜子，在陽光折射下發出一身青蘋果綠的螢光，竟比鳳蝶更醒目。或許是盔甲沉重的緣故，讓牠飛行的樣子看起來笨重又緩慢，反而被我看得一清二楚，覺得這隻呆萌可愛。原本整片蓊鬱的森林看似安靜，其實不然，只要留心放慢腳步，再慢一點，就會發現在樹林中、草地上可熱鬧呢！這些鼓翼飛翔的小翅膀們會驚喜裝扮且華麗登場，點綴不插電也閃閃發光的山林，即使處於白晝間。

在食指峰和中指峰之間有一塊森林平台，樹蔭下沙漠色的泥土地被踩踏得緊實且路徑清晰，地上偶爾突出的樹幹像是插在泥土裡的土黃色蠟筆。或許是連峰行走的上上下下路徑，讓人筋肉疲憊，當一踏進這塊平坦的泥地，給人一種莫名地的安心感。不少人在此地休息吃點心聊聊天，親切的像是住家附近的公園，慵懶的氣氛讓人只想在此停留耍廢，無心再往前。但一想到前面還有三個山頭還沒有撿，只好收起鬆懈的心情繼續前進。從腹地到中指峰的路程很近，是相當親民的路線，林道上有很多蜻蜓在飛舞。標高 1062 公尺的中指峰是五指連峰上最高的一座山，名列小百岳名單。續行的無名指峰（1047 公尺）和小指峰（1021 公尺），各指之間相差距離雖然不遠，但要從這一指到另一指，也只能以反覆下降再上升的方式前進，著實是一條上上下下之路。沿途消耗許多體力，像是苦行僧取經般，在途中會遇到平坦輕鬆的路程，但也有辛苦的時刻。我倒覺得，五指連峰是豐盛的山，因為可以一次擁有五種不一樣的登山體驗。

山之鳴

回程採沿路返回的走法，回到食指峰的路上時，遇到一群登山客們正排隊準備要從主道旁的側徑下山，他們熱情的分享說這條路可以下切回到登山口，而且會比較快。我好奇探頭往下望，下面的路徑雜草叢生，堆疊的岩石還擋住路線，但卻激起我的冒險心。行走不到五分鐘，就已經感受到山的陡峭險峻，尤其那生苔濕滑的大小石頭，讓人的雙腳無所適從，忙著尋找可靠的踩點，這不單靠腳力，更需要耐心與判斷力。由於我們腳程較快，前面的阿姨們紛紛讓道，我們於是成了下切的第一組人。與此同時，前面的路已經超出親切的登山步道，比較像是探險家喜歡的那種沒有路的路，我只好硬著頭皮往前摸索。查看手機離線地圖，發現早已偏離地圖路徑，推測應是路線變動後，這條新路線因人太少走而不明顯。一邊回想是否已錯過主路線，更萌生想回頭往上走的念頭，動搖的想法讓我們焦慮地不知該續行與否。

後方的登山客開始聚集到我們停留的這條路徑上，正當大夥滿頭霧水時，有位大叔後來居上，他說這條路也超出他手機裡的軌跡。我們互相比較下載的離線地圖和現

場地形後，還在思量是否要按照軌跡返回原路徑時，大叔二話不說早已下切探路並消失在前方的岩石堆裡，留下大伙面面相覷。

隱晦不明的森林裡，光光溜溜的樹根、葉子以及岩石之間的裂縫，都成了我們找尋的路標。午後三時許，地面忽然開始大力搖動，迫使我們止住步伐，藉助登山杖穩定身體並把重心傾向山壁靜待震動停止才趕緊快步離開。下山之後得知晃動是因花蓮地震，幸好幅度不大，真是萬幸。山上的地震給了我一個訊息：跟著別人的地圖，你的路程並非就此一路順遂。日後去登未知的山，儘管做足功課，在關鍵時刻仍要靜下心，讓經驗幫助自己思考判斷，不要一味盲目跟隨。許多登山迷途的SOP，第一步便是停下來、保持冷靜，並且建議就地找一棵大樹抱。

自己在聽不見的人生路上，花了很長一段時間在學習走別人走過的路，青少年時期依照老師、家人的建議選擇念高商，去學我討厭的會計，念了三年還是學不會，只因為相信這會讓我在未來找到工作。就這樣繞了一大圈才回到自己身上，從頭開始調整腳步，雖然不知道這條路通到哪？目地是什麼？是否值得自己去冒險？可以確定的是，無論用什麼樣的形式去旅行，都需要像登山一樣具備觀察力與感知力。

在趨進平緩的下坡路，聞到一陣陣的拜拜香味，氣味傳達人間煙火，終於接上盤古廟後方的橫向步道，忽然覺得有寺廟在山林中真安心，連難得一見的泥圓翅和紅圓翅鍬形蟲，也出來在泥土徑上爬行。回到地面上真好！

紅圓翅鍬形蟲
攝影／林瑋萱

山語，

一旦跳脫靜態的文字框，

以手部動作活靈活現地呈現，

就好像擁有了這座山。

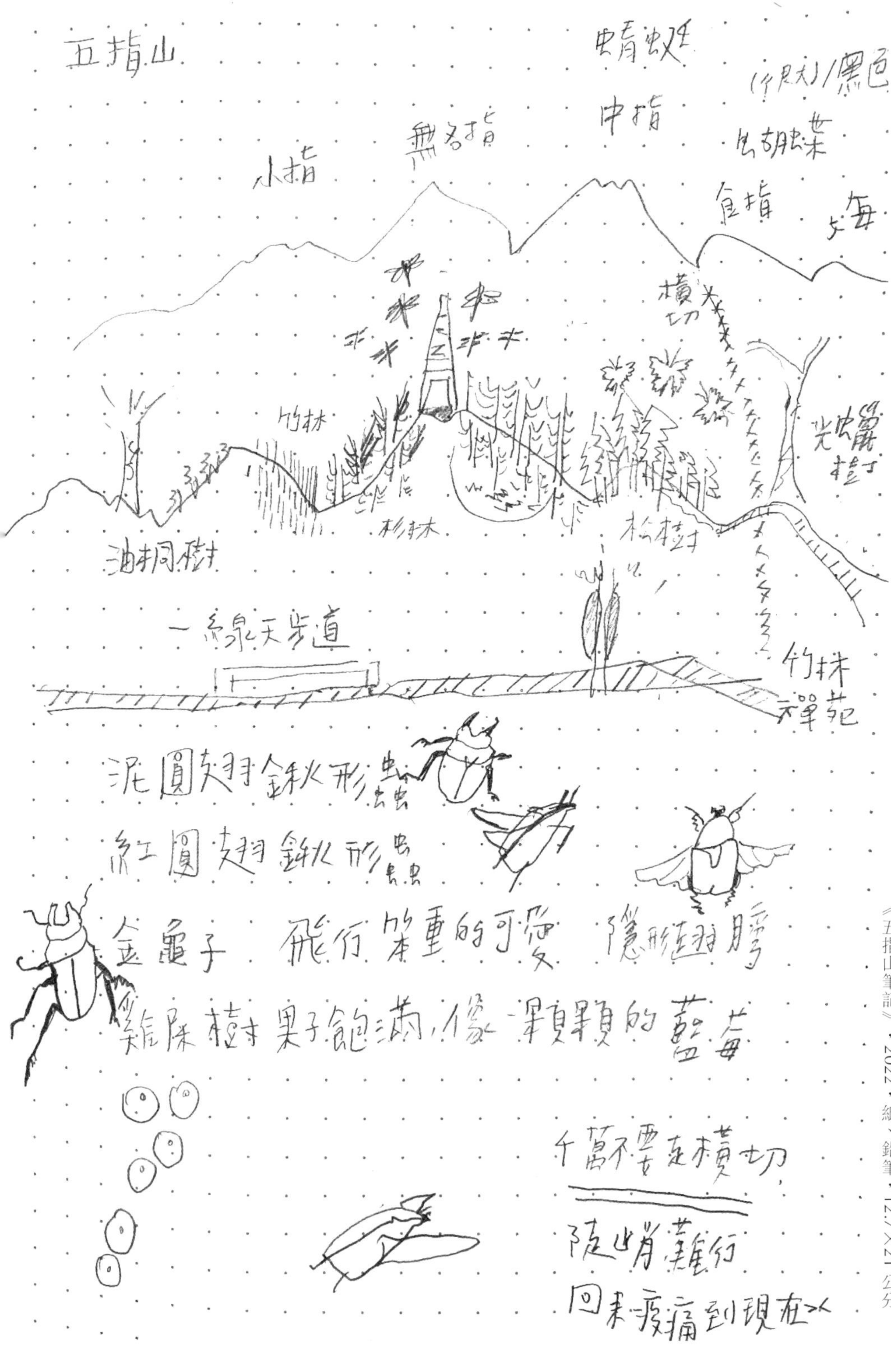

《五指山筆記》，2022，紙、鉛筆，12.7×21 公分

14.

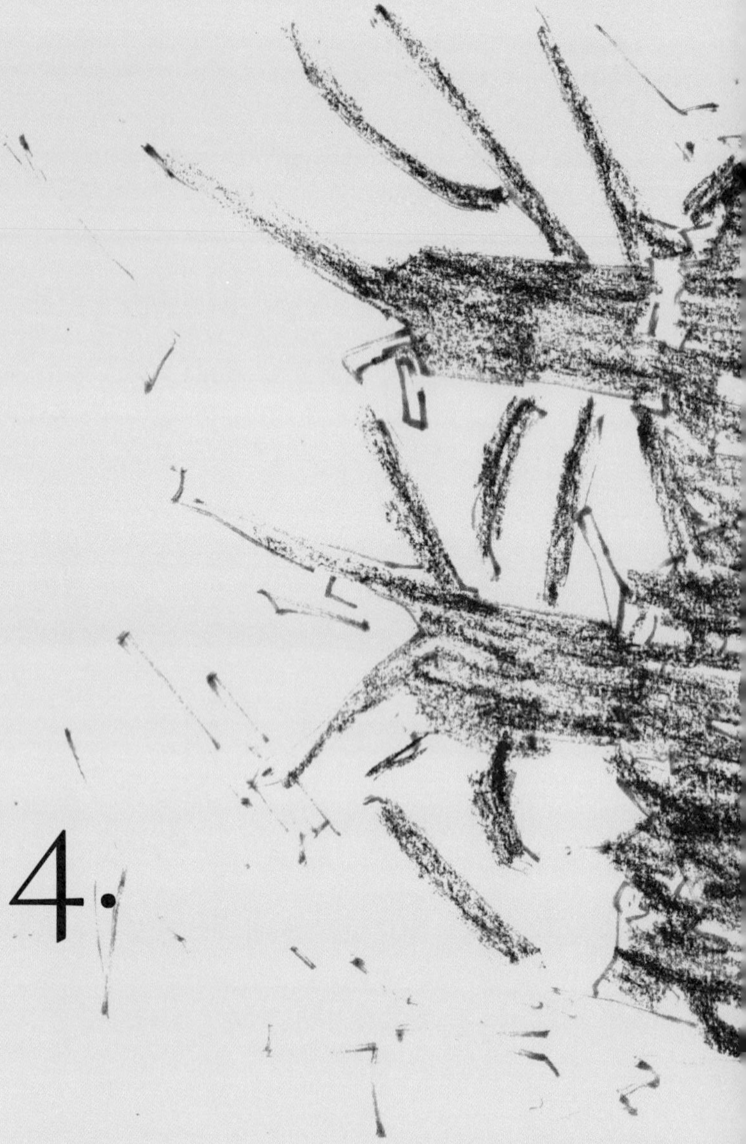

借位思考的攀登術——加里山

加里山位於苗栗縣南庄鄉的深山裡，是一個巨石與森林組合成的地方。

加里山素有台灣富士山的美名，仿若八字形的日本富士山景那樣刻在心頭的印象美。但我認為加里山還有另一種衝突的美，登山口前段筆直優美的人造柳杉林，和後段攻頂前粗獷原始的岩壁山林，同存於這條路徑上。

我想像，加里山的神話故事這樣展開：有一天，雷神經過加里山的山頭，劈開石頭，造就了巨大的峭壁。神還留下了一條粗麻繩，像在對登山者喊話：「上來吧！你就會得到一片天，還有很多寶物喔。」

加里山的巨石岩壁，是由各種奇岩巨石自由交疊而成的搖滾區，像疊疊樂一樣的充滿趣味。石頭形狀有大有小，有圓形、也有鈍的稜角，不規則排列組合下餘留了縫隙，經過時都要蹲著或者側身才能穿越。沿途林相景致變化，穿插著筆直的柳杉林及闊葉林，偶有光線灑下，讓植被上的蕨類與苔蘚在潮濕中生長的特別恣意盎然。成片的苔蘚包覆著裸露的岩石，彷彿鋪上一床綠色法蘭絨被般，是那樣柔軟又踏實地融入仙氣裊裊的雲霧中，瀰漫著一股魔幻仙境的氣氛。

路徑上布滿著盤根錯節的樹根，不羈的生長在整條路上，形狀像是糾結扭曲的手指，頑固地成為我們腳踏的階梯。原本走路習慣看著前方的景象前進，但腳底下高低不平的地形太複雜，不得不往下看，眼睛忙碌地尋找踩點，要是一不留神，也可能會被淘氣的小樹根絆倒。

加里山的樹根
攝影／林瑋萱

風美溪的加里山
杉木林的樹根盤
誠如然似樹手指
伸展開如指甲片
滑溜溜若象牙般
輕鬆鬆落地生根
地底下來握握手
地下情成樹聯網

加里山擁有多處天然形塑的攀岩牆，也是行程中最具挑戰性的一環。在巨石、岩壁與樹林裡，需要經攀岩、附樹才能繼續往上。雖然很耗體力，但我樂此不疲，再怎麼累依然覺得樂趣無窮，這也是讓我會想一而再、再而三造訪此地的原因。大多數人見到陡上、落差大有拉繩的地形時，紛紛戴上手套，避免被樹枝和石頭的利角割傷，唯獨我不喜歡戴手套，總覺得這樣會阻擋我與植物、地表接觸的機會。我喜歡用雙手觸摸自然環境裡的石頭、岩片、樹根和樹枝，經由肌膚的接觸，才能進一步認識植物的光滑與粗糙、溫暖與冷冽，感受自然四季的變換。除了視覺之外，觸摸是我與大自然最好的連結，可以讓我接收到植物釋出的訊息。

近乎垂直的攀爬，在左右上下找尋有沒有可以幫助自己使力往上的凹凸東西，石頭也好、樹根也好，甚至裂縫，都是可以支持自己往上攀爬的天然輔助物。我忽然間抓住了一條圓潤的樹根，從岩壁裂縫裡自然長出如鐵製的把環。「噢！這個樹根摸起來不一樣。」此時，我停頓了一下並張大眼睛看著樹根，好奇地再次觸摸，發現原本該是粗糙的樹皮已被登山客磨到光滑，無意中成了岩壁的最佳輔助點，我在心裡暗自對它說：「謝謝你，在我精疲力盡時支撐著我，我的體內感受到滿滿的能量與喜悅。」

《加里山的手》，2021，素描紙、炭筆，18.3×12 公分

攀登的技巧與困難度對我來說游刃有餘，主要是我很享受生命中的不確定性，那種不按牌理出路的蜿蜒曲徑，以及那些由神之手布陣排兵的岩石，錯落得沒有什麼邏輯性可言，但卻擁有自成一格的風景。我喜歡這種帶著一點冒險和緊張感在向上攀登時達到最高峰，也將體力推到耗盡的邊緣，緊接著是跨越後溢出的滿足感，跟隨著氣息調整達到放鬆。同時，藉地形的傾斜度來覺察自己的重心，感受身體的平衡。正如我面對生活的態度，它就像是一個斜度，而斜度，正是感受平衡的最佳角度。在面對困難的時候，偶而讓自己斜一點沒關係，輕鬆看待。

登頂後的寫生
攝影／H

《加里山》，2021，無印素描紙，簽字筆，7.4×10.5 公分

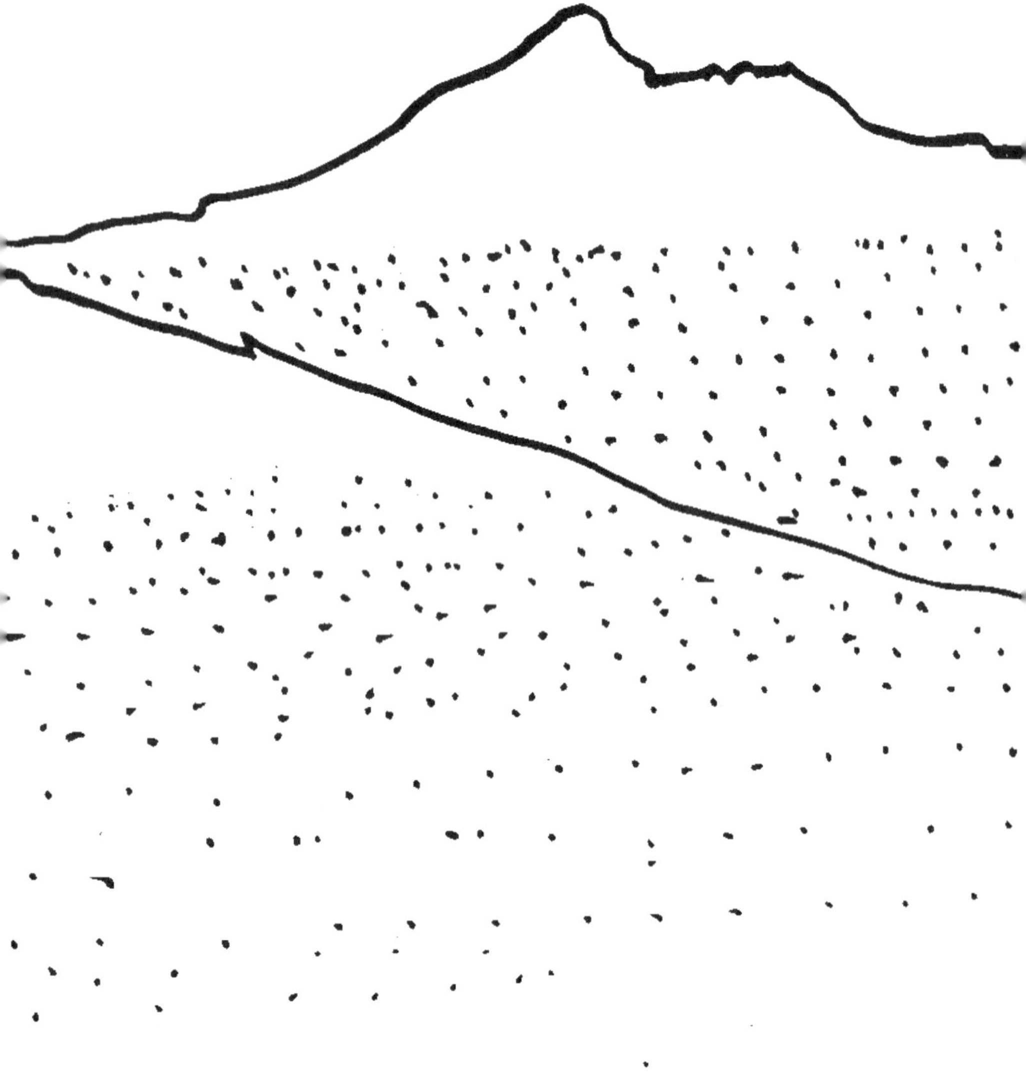

加里山 2月20日晴

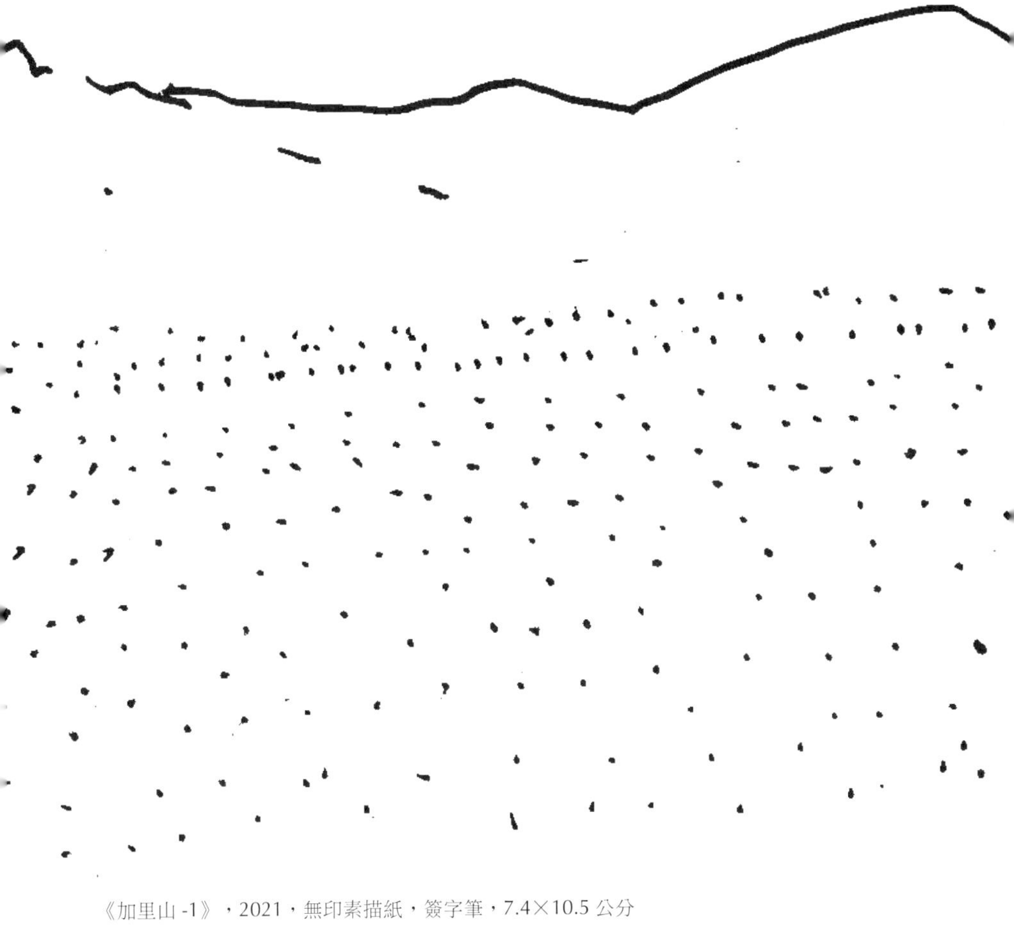

《加里山 -1》，2021，無印素描紙，簽字筆，7.4×10.5 公分

《加里山 -2》，2021，無印素描紙，簽字筆，7.4×10.5 公分

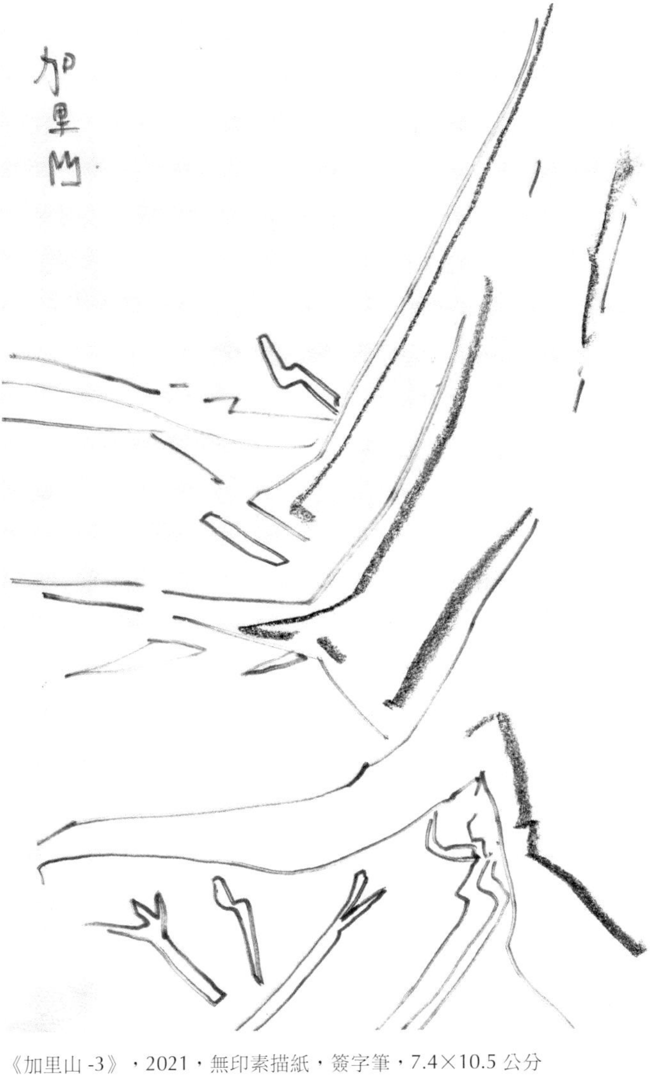

《加里山 -3》，2021，無印素描紙，簽字筆，7.4×10.5 公分

15.

世紀黑松——新竹公園內迷人的黑松哥

有一種樹非常帥，尤其是他的髮型，像是卡通櫻桃小丸子裡的花輪。我想當黑松的松鼠，因為他會溫柔的承接我，讓我可以任性跳躍。新竹公園的廣場種了一整排日治時期留下來的黑松，樹形雄壯蒼鬱、枝條開展，樹冠的二針一束被九降風吹得奇姿超然，像是花輪的髮型一樣優雅，漸層的綠讓針葉更為迷濛柔軟，是我見過最時尚有型的松樹。

百年黑松群坐落於鄰近新竹市後火車站的公園內，出後站隨著指示標步行約10分鐘，就會看見對面馬路旁的新竹公園。以這兒作為起點，有個大扇形的廣場，周圍有狗兒們玩耍翻滾專屬的大草坪，還種植很多河津櫻樹，三、四月分是櫻花繽紛的季節，也是人潮滿滿的時刻。附近的樹種還有茄苳、黑松、苦楝、白千層、構樹、樟樹、臺灣欒樹等，有這些大樹在這園裡與我們共同生活。

在我日常散步經過玻璃工藝博物館的廣場時，最喜歡抬頭看黑松群，若是陰天，天空就像是一幅水墨畫，是一大片留白的天和黑色的樹叢。我將這幾棵特別的黑松作為我的描繪對象。葉片的呈現猶如布滿細密筆觸的背景，加上長年受到新竹九降風吹襲的影響，形成傾斜圓胖且粗壯的樹幹。由下展開之字型地往上生長，至樹幹某一特

世紀黑松

攝影／林瑋萱

定高度之後，再以轉向另一邊往上的形狀。如此戲劇性的發展，讓黑松群成為我眼中最有魅力的寫生對象。

站在高處看一整排黑松樹，上方布滿漸層的綠色樹冠，像是從比鄰而居的十八尖山搬了一整群的森林，借放到松樹的上方。在新竹公園裡的所有大樹中就屬黑松群最浪漫。我站在樹下，細細觀看樹幹的線條時，忽然天外飛來一筆，靈感送給了我一個「＞」的視覺形狀，讓我在下筆時直接地勾勒出線條，作為紙上主要的重心。再抬頭往上看，有組織性的二針一束受到風的吹拂，原本密集的空間被打散，並對應周邊流動如漩渦狀的方向，賦予了點點、線型的自由搖曳，讓彼此交融出柔美的生長韻律，以富有奇幻與想像的詮釋，創造出獨步一格的風景。

《松樹》，2022，德國速繪紙、簽字筆，21×29.7 公分。

立夏前後的夜晚，在公園散步時，眼角餘光忽然瞄到遠處的前方，有顆黑色大石頭在偌大寂靜的廣場上移動，雖然動作不快，但發出很大的聲響，引起了我的注意和好奇。由於天色很暗，我一時看不清楚是什麼東西，但當下有個直覺認為是烏龜，隨即跑過去察看，不是生活在水族箱裡的寵物龜，顏色不是可愛的橄欖綠，而是偏黑色的。很久沒有在這座人工光的城市裡遇見任何動物出來散步，看到牠的出現，當下又驚又喜，像是遇見好久不見的老朋友一樣。

「每個人都有屬於自己的一片森林，也許我們從來不曾去過，但它一直在那裡，總會在那裡。迷失的人迷失了，相逢的人會再相逢。」——村上春樹《挪威的森林》12

12. 村上春樹著，賴明珠譯，《挪威的森林》，臺北市：時報文化，2003，p.84。

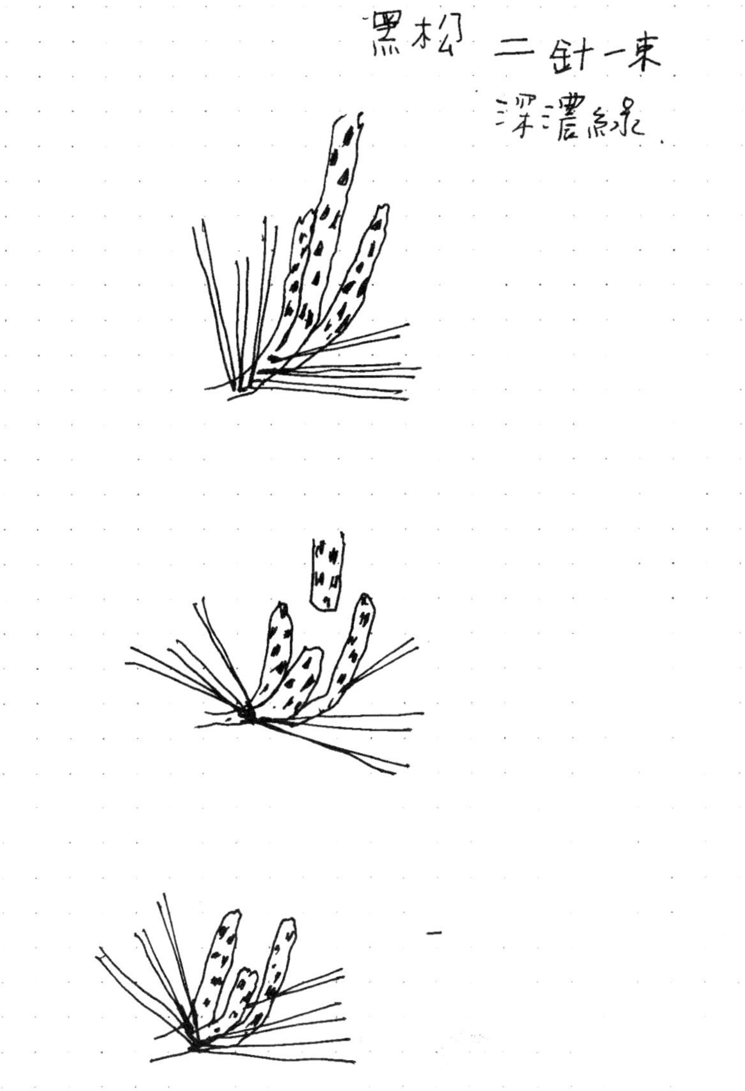

《二針一束》細部，2022，紙、簽字筆，21.5×13 公分

用氣，聽山海

「聽止於耳，心止於符。氣也者，虛而待物者也。」[13]

——《人間世》，莊子

我是用眼睛去聽。莊子《人間世》的心齋卻提到用氣去聽。用氣去聽不是用盡力氣去聽，而是放棄去聽，被氣包圍，而聽。不要用耳朵去聽外在的聲音，用心去聽聲音的存在，接著不要用心去聽（心停止製造符號、對象），而用氣去聽（氣沒有念頭、沒有對象）。就是不聽。

氣是以虛來對應萬物的，氣和萬物相通。順氣之流。

氣是什麼？不以自我為中心，

寄託自然。

我想我若能用氣去聽山與海，我就會聽到無聲以外世間萬物的聲音。

13. 吳怡著，《新譯莊子內篇解義》，臺北市：三民，2014，p.165。

國家圖書館出版品預行編目 (CIP) 資料

耳邊風：山風、草香、獸鳴與速寫本裡的風景
/ 林瑋萱著 . -- 初版 . -- 臺中市：晨星出版有限
公司 , 2024.12
面；　公分 . -- (勁草生活 ; 562)
ISBN 978-626-320-966-4(平裝)

863.55
113015587

勁草生活 562

耳邊風

山風、草香、獸鳴與速寫本裡的風景

作者	林瑋萱
企畫 & 特約編輯	王韻絜
封面 & 內頁美術	卷里工作室 季曉彤
創辦人	陳銘民
發行所	晨星出版有限公司 407 台中市西屯區工業 30 路 1 號 1 樓 TEL：04-23595820 ｜ FAX：04-23550581 行政院新聞局局版台業字第 2500 號
法律顧問	陳思成律師
出版日期	2024 年 12 月 15 日 初版 1 刷
總經銷	知己圖書股份有限公司 106 台北市大安區辛亥路一段 30 號 9 樓 TEL：（02）23672044 ／ 23672047　FAX：（02）23635741 407 台中市西屯區工業 30 路 1 號 1 樓 TEL：（04）23595819　FAX：（04）23595493 Email：service@morningstar.com.tw
晨星網路書店	https://www.morningstar.com.tw/
讀者專線	04-2359-5819#230
郵政劃撥	15060393 知己圖書股份有限公司
印刷	上好印刷股份有限公司

定價	新台幣 380 元
ISBN	978-626-320-966-4

財團法人
國家文化藝術基金會
National Culture and Arts Foundation
NCAF

本作品由財團法人國家文化藝術基金會贊助創作